# 荒木町奇譚

有間カオル

ハルキ文庫

JN143363

角川春樹事務所

【目次】

# 荒木町奇譚

## 一　今夜、お客様の心を惑わせたものの数です

地下鉄丸ノ内線四谷《よつや》三丁目駅の階段を上って地上に出ると、とたんに喧騒《けんそう》が襲ってきた。激しく行き交う車に人。新宿通りに立ち並ぶビルのネオンが派手派手しい。乾いた街の空気にはほんのりと春の気配が混じり、頭上には薄《うつす》らと白い三日月が見えた。

行原暁生《ゆきはらあきお》は通行人の邪魔にならないよう歩道の隅《すみ》に寄って立ち止まり、スプリングコートの胸ポケットからスマートフォンを取り出して、地図アプリを立ち上げた。

目的地を指す点は場所が曖昧《あいまい》で、細かく絡み合った路地のどこを目指せばいいかイマイチよくわからなかった。

とりあえずスマートフォンを片手に、新宿通りを新宿に背を向けて歩き出す。

この辺りは土地勘がないから少々不安だ。

仕事関係でもプライベートでも飲みに行くのはだいたい新宿界隈《かいわい》。少し奮発したいときは赤坂。あるいは銀座。

「四谷三丁目なんて中途半端な場所に、舌の肥えた上司たちが集《つど》う店があるなんて知らなかったな」

独り言《ご》ちながらスマホを握りしめて目的地を探せば、目印のみずほ銀行、そのすぐ側《そば》に建つ朱色の街灯はすぐに見つかった。

街灯には『車力門通り《しゃりきもん》』の文字。

その名にふさわしく、人力車のオブジェがてっぺんに飾られている。

新宿通りを左折して車力門通りに入れば、緩《ゆる》やかな下り坂になっていた。車がギリギリすれ違うことができるかどうかの幅の道には、一軒家の店や小さな雑居ビルがひしめいている。

看板やメニューを掲げていない一見《いちげん》さんお断りと言いたげな割烹《かっぽう》の隣には、いかにも若い女性が好みそうなイタリアンレストランがあり、昭和時代の雰囲気をそのまま持ち越している飲み屋があるかと思えば、向かいには未来型のモダンでスタイリッシュなバー、と混沌《こんとん》とした摩訶《まか》不思議な雰囲気の飲食街だ。

さらに店やビルの間には徒歩でしか入れない小径《こみち》が隠されている。

覗《のぞ》けば薄暗闇にぼんやりと看板や提灯《ちょうちん》が浮かぶ。

そのどれもが幻想的であり、蠱惑的《こわくてき》であり、迷路のように小径が入り組んだ様子は京都の祇園《ぎおん》を思い出させるが、圧倒的に違うのは時代も趣味も超えた店が集まっているということだった。

新宿通りから一本道を入っただけでガラリと雰囲気が変わり、まるで異空間だなと思いながら、道に沿って歩いていくと小さな稲荷《いなり》神社に突き当たった。公園の隅に建てられている、本当に小さな神社だった。石ブロックの上から、お狐さんがこちらを見下ろしている。

道は神社にぶつかって左に折れ、すぐに右に折れる。

要するに神社と公園を迂回《うかい》しているのだ。その曲がった先に、スマートフォンが示す目的地の点は存在しているのだが、小さい建物が多すぎてどれを指しているのかちょっとわからない。

行原は地図アプリを閉じ、店のホームページを開いて店名が書いてある看板を探す。が、どこにも目当ての店名がない。

住所は間違っていないのだが。

看板を探して道の真ん中をうろうろしていると、プップーとクラクションを鳴らされた。

狭い道のわりに車通りが多い。主にタクシーが。

赤坂や銀座のように地下鉄が何線も通っている場所ではないから、タクシーを使う客が多いのだろう。

山手線のど真ん中にありながら、若干交通が不便な場所だ。

行原は人や車に気を配りながら、スマホを手に神社の辺りを行ったり来たりする。

この近く、すぐ近くなのは間違いないはずだが、少しGPS信号がずれているのかもしれない。

店が見つからず少々苛立《いらだ》っていた行原に、のほほんとした声がかかる。

「お兄さん、店探してんの？」

声のするほうに目を向ければ、白いシャツに黒のベストを身に着けたいかにも水商売といった風の顔の整った小奇麗《こぎれい》な男が、雑居ビルの前で缶コーヒーを飲んでいた。

行原よりも少し若く、まだ二十代に見える。

行原が返事をするよりも早く側に寄ってきて、手元のスマホを覗き込んでくる。自然に体を近づけてくるあたり、ホストなのかと勘ぐっているとすぐに体が離れる。

「ああ、ここね」

男が缶コーヒーを持った手を挙げて、指を差す。

「そこの電柱の脇を入って、すぐ左ですよ」

「電柱？」

訝《いぶか》りながら行原が男の指の先に視線を向けると、五メートルほど先に確かに電柱がある。

「それでは、楽しい夜を」

男は涼やかな切れ長の目を細め乾杯するように缶コーヒーを掲げて、数軒のバーが入っている崩れかけのようなビルに入っていってしまった。

「電柱……」

行原は半信半疑で男の指した電柱に近づくと、確かに道……いや建物と建物の間、人ひとりがやっと通れるぐらいの隙間《すきま》があった。決して道ではない。完全なる私有地、猫道。コートが壁につかないよう肩を竦《すく》めるようにして慎重に進んでいく。その距離、約七メートル。

ようやく視界が開けたと思えば、そこは車が入れない狭い道に小さな店がぎっちりと並んでいた。

男に教えられたとおりに左に首を振れば、すぐに目的の店の看板が目に入った。

「助かった……」

ギリギリ遅刻を免《まぬが》れた。

店の扉を開ければ店員が行原に気づく前に、先に着いていた先輩の上野《うえの》が手を挙げて声をかけてくれた。

「行原！」

「すみません、遅くなって」

「いやいや、悪かったな。突然呼び出して」

全然悪いと思っていない表情で上野先輩が言う。

行原は彼らの席に寄って小さく頭を下げる。

「お待たせして申し訳ございません」

「いや、構わない」

上司である本井《もとい》課長が鷹揚《おうよう》な態度で、空いている隣の椅子の背もたれに手をかける。促《うなが》されるまま、行原はもう一度軽く頭を下げてから座った。

「急に呼び出したのはこっちだし。来てくれてよかったよ」

課長にバンバンと背中を叩《たた》かれた。ちょっと力が強い。この上司は体育会系のスキンシップが多くて、たまに辟易《へきえき》することもある。

「何を飲む？　まずはビールかな？」

対面に座る上野先輩が手を挙げて、それに気づいた店員がやってくる。行原はおしぼりを受け取りながら、ビールを頼んだ。

隣に本井課長、対面に上野先輩、斜め前に座るのは一ヵ月ほど前、二月に退職した芦部《あしべ》元部長だ。

今日は外回りの営業で、行原は直帰する予定だった。クライアントとの打ち合わせを終えて駅に着いた時、上野先輩から電話がかかってきた。

定年退職した芦部元部長、本井課長と荒木町で飲むので一緒にどうかというお誘いだった。

言葉はお誘いであったが半分、いや八割は強要だ。

芦部元部長は関連会社の顧問として再就職が決まっている。四月には元上司から取引先になるのだ。

つまり、今夜は接待だ。接待役、雑用係として行原は呼ばれた。

げんなりとする気持ちがなかったわけではないが、サラリーマンとはこういうものだと割り切ることができるぐらいには人生経験を積んでいる。

独身であるから食事は外食で済ますことが多く、突然の飲み会でも参加することに障害はない。

おしぼりで手を拭きながら行原は言う。

「こんなところに飲み屋街があるなんて知りませんでした」

「行原くんは荒木町《あらきちょう》初めて?」

尋《たず》ねる芦部元部長に向かってうなずく。

「そっか。若い人は知らないかな。荒木町は昔から飲み屋街として有名だよ」

芦部元部長から見たら若いのかもしれないが、行原はもう三十歳《みそじ》だ。世間的には決して、若くはない。

芦部元部長の言葉に、本井課長が続く。

「でも、最近はまた新しいスポットとして人気がでてきたようですよ。私たちが知っている花街の荒木町はもうないけれど。ここもずいぶん変わったたな」

「花街?」

きょとんとする行原に、本井課長が説明する。

「そうだよ。ここはかつて花柳界《かりゅうかい》だったんだ。雅《みやび》な料亭が並んでいて、きれいな芸者さんと遊べてね。上司に連れて行ってもらって、夜の作法を学んだものだ」

芦部元部長が目を細める。

「懐かしいな。今じゃ、そんなの流行《はや》らないし。そもそも花街を知っている人も少ないんだろうなぁ」

ちらりと上野先輩を見れば、彼も知らなかったようで「へぇ」とあまり興味なさそうにうなずいている。

正直、行原も芸者遊びなんて興味はない。

顔を不自然に白く塗りたくった女と酒を飲んで、なにが面白いのかと思う。

どちらかと言えばキャバクラやクラブのように、胸元が大きくあいたドレスを纏《まと》った若い女の子たちに囲まれているほうがまだ楽しいだろう。

もう少し歳を取れば、あからさまな色気よりも、それを隠した淫靡《いんび》さを楽しむことができるのだろうか、と行原は首を傾《かし》げる。

「あ、料理が来ましたよ」

店員が持ってきた皿を上野先輩が受け取って芦部元部長の前に並べ、行原は彼のお猪口《ちょこ》に酒を注《つ》ぐ。

「荒木町が花柳界だったのはバブル経済がくる前までだったかね」

「確かそうでした。ずいぶんと荒木町が変わってしまって少し寂しかったですよ。ただ、違う意味で華やかでしたよね。その頃は近くにフジテレビ、文化放送、市ヶ谷には日本テレビがあって、マスコミ関係者、芸能人などが闊歩《かっぽ》していましたね」

芦部元部長と本井課長が懐かしげに荒木町を語るのを、花柳界もバブル時代も知らない行原はただうなずいて調子を合わせるしかなかった。上野先輩も同様だ。

「バブルかぁ……」

芦部元部長がお猪口に目を落として、寂し気な笑みを浮かべた。

「あの頃は時代に流され浮かれていて、本当に愚《おろ》かだったな」

芦部元部長の一言に本井課長が目を伏せ、湿った空気が行原たちのテーブルだけに落ちる。周りの楽しそうな会話が、より空気を重たくさせる。

「あの頃、もう少し先見の明があれば……。有り難いことに……と言っていいのか、自分はリストラされる側ではなくする側で生き残れたが。でも、辛《つら》かったよ。リストラするのも。あいつら、どうしたのかなぁ」

芦部元部長はバブル経済が弾《はじ》けた頃のことを思い出しているのだろう。苦虫を嚙《か》みつぶしたような顔で、お猪口を口元に運ぶ。

本井課長もしみじみとお猪口を手に追随《ついずい》した。

「それは仕方ないですよ。国中が浮かれて、そして沈んだんですから。たまたま運があったか、なかったかですよ。まあ、後悔はいろいろありますけれど」

湿った雰囲気はすぐに酒と料理が消し去った。

食道楽が集まる街という看板は嘘《うそ》ではなかった。

出てくる料理はどれも美味《おい》しく、芦部元部長も満足気で場は和やかに時を刻んでいく。


三時間ほどたっぷりと酒と料理を楽しみ、行原たちは店を出た。

行原は星のない夜空を見上げてふと思う。

「後悔……か」

芦部元部長の言葉に行原の胸が疼《うず》く。

もし、あの時選択を変えていれば……。あの時、ああしていれば。

泡《あわ》のように次から次へと過去の場面が浮かんできた。

「行原はどうする？」

上野先輩に聞かれて、ハッと我に返る。

「あ、俺は明日の午前の会議に備えないといけなくて」

「そうか。じゃ、また明日な」

あっさりと上野先輩は言い、それ以上引き止められることはなかった。少々飲み過ぎて、役に立たないと判断されたのかもしれないが。

　上野先輩たちはさらに荒木町の奥へと進み、行原は来た時に通った細い道に入った。

　夜が深くなったせいか、細い道はぽっかりと空いた闇のようだった。

　足下はほとんど見えない。段差などがないことを知らなければ、足を踏み入れるのを躊《ちゅう》躇《ちょ》してしまっただろう。

　手をコートのポケットに突っ込み肩を丸めて、横幅をなるべく狭くしてゆっくりと歩く。

数歩進んだところで、鼻先に甘い香りが流れてきた。つい足が止まる。

　なんの香りだろう。

　どこかで嗅《か》いだことのあるような懐かしい香り。

　行原は鼻に神経を集中させる。

　祖父母の家で食べた和菓子、母が着物を着るときに身に着けていた香り袋、部署の女性が配っていたタイ旅行土産《みやげ》のインセンス。それらが頭に浮かび、どれも近いけれど違う気がする。

　チリン、と鈴の音。

　それが合図のようにホワッと橙色《だいだいいろ》の明かりが灯《とも》った。

　見上げると、提灯がゆらゆらと微《かす》かな風に揺《ゆ》れている。

　提灯が吊《つ》るされていたなんて、来た時は気づかなかった。まるで祭の夜のようだ。

ほんわりと明るくなった路地を再び歩き始めようと一歩踏み出した右足が宙で止まった。

目の前に人がいた。

さきほどまで暗くて見えなかったが、人がいたとは。まったく気づかなかった。

行原の足が止まったのは、目の前にいる人物がスーツを着たサラリーマンでもオシャレをして飲みに来た女性でもなく、黒留袖《くろとめそで》の……芸者だったからだ。

薄オレンジ色に浮かぶ、日本髪と着物。

芦部元部長がここはかつて花街であったと言っていたが、それは三十年以上も前の話だ。

なんで今の荒木町に芸者が？

チリン。チリン。

鈴の音は彼女から聞こえる。

根付《ねつけ》に鈴がついているようだ。

行原は芸者の後ろ姿を不思議な思いで見つめ、彼女に引っ張られるように歩き始める。

頭上の提灯が揺れると、薄闇の中の影も酩酊《めいてい》したかのようにふらつく。

着物の裾《すそ》を持ち上げ、やや右肩を落としてしなりながら歩く姿がなんとも艶《なま》めかしい。

お座敷帰りか、襟足《えりあし》の髪が少し乱れている。誘うように揺らめいている後れ毛から目が離せない。

出口に近づくにつれて、彼女の姿がはっきりと夜に浮かんでくる。

艶《あで》やかな日本髪、陶器のような首、黒地に咲く金糸銀糸に縁《ふち》どられた赤い花。

車力門通りに一歩踏み出した彼女が足を止め、行原の心臓が跳ねた。

尾行に気づいたのか。

いやいやいや。別に尾行なんかしていない。たまたま先に彼女が歩いていただけだ。やましいことはない、が、どことなく後ろめたい思いが鼓動を速める。

彼女が背後を覗き込むようにゆっくりと振り向く。揺れる簪《かんざし》の花。

それはスローモーションのように一コマ一コマ行原の視界に刻まれた。

行原の存在を確認して伏していた瞼《まぶた》が開いていく。目尻《めじり》に差した朱が黒い瞳《ひとみ》をさらに黒く見せて色っぽい。

真っ白な肌が提灯の明かりを受け止めて、ほんのりと赤く染まっている。

怪しい者ではないと言いたいのに、喉《のど》が引き攣《つ》ってなにも言えず、冷や汗を背中に流しながら彼女を見つめていると、紅色の唇《くちびる》が薄い三日月を描いた。

笑……った？

一瞬の微笑《ほほえ》みにすべてを持っていかれた。

顔を白く塗りたくった厚化粧の女になんか興味ない。ほんの三時間前にはそう思っていたのに。

彼女の美しさは格別だった。

この世のものでない、生身の女性とは違う、もっと別の……なにか。

頭を押さえつけて屈服させるような、圧倒的な、とても暴力的で強引ななにか。首根っこをつかまれて、ブラックホールにポイっと投げ捨てられたような恐ろしさに身を竦める。

一瞬だった。

一瞬だけ行原と目を合わせて、彼女は明かりのほうへ消えてしまう。

金縛《かなしば》りから解けた行原は、彼女を追いかけて車力門通りに飛び出す。

「え、あれ？」

目の前に広がる景色に再び固まった。

車力門通りって、こんなだったっけ？

それとも頭上に揺れる提灯の明かりのせい？

なんだか店の顔ぶれが来た時と違う感じがする。

もしかして車力門通りを目指したつもりで、酔《よ》って違う道を歩いてきてしまったのだろうか。接待する側だというのに、つい酒が進んでしまったから。

駅は……どっちの方向だ。

立ち止まったまま左右を見回す。

チリン。

こちらだと誘うように鈴の音が響く。顔を向ければ、さっきの芸者が通りを横切り、再び狭い脇道へと入っていくのが見えた。つい後を追って角を曲がる。

細い道の両脇は漆喰《しっくい》の壁。その先に真っ白い暖簾《のれん》がスポットライトを当てられたかのように浮かび上がっている。

夜闇にあまりにもくっきりと浮かび上がった暖簾は、一瞬シーツが宙に浮かんでいるのかと思ってしまったくらい不自然に白かった。

誰もいない小径。

一瞬にして芸者が消えた。

でも、そんなことあるわけないから、きっと暖簾の奥に入っていったに違いない。

恐る恐る近づいて、玄関を隠す長い暖簾に両手を伸ばしてそっと左右に開くと、竹の格《こう》子《し》と飾り硝子《ガラス》を組み合わせた扉が現れた。

真四角な門灯に浮かぶ店名は、行書というかくずし文字というか、あまりにも達筆すぎて読めなかった。

この門構えや芸者が入っていったことを考えれば、ここが料亭だと想像がつく。まだ芸者が呼べる店があったなんて。花柳界であった荒木町の名残りか。

いかにも一見さんお断りと冷たく言い放つような扉が、音もなくスッと開いた。

驚いて喉の奥で悲鳴を上げ硬直する。

「おや、やっといらした」

桜色の着物を粋《いき》に着こなした白髪の女性が扉の隙間から顔を出して行原に微笑みかける。

「お待ちしていましたよ」

さらに扉は大きく開いて、店の中が見えた。

広い玄関の向こうには人が隠れることができそうな大きな壺《つぼ》に、金色の屏風《びょうぶ》。廊下《ろうか》は左右に延びていて、その先は暗い。

「さあ、どうぞ」

誰かと間違えているのか、歳からして女将《おかみ》らしきその女性が行原を招き入れる。

自分は予約客ではありません、と言わなくてはならないのに言葉が喉の奥で引っ付いたように出てこない。それどころか彼女の親しげでありながら上品で雅な仕草についつい流されて、気づけばコートを脱がされていた。

「こちらでございます」

コートを人質に取られては女将に従うしかない。

なんていうのは言い訳だ。酔いの勢いもあって、行原は好奇心のまま料亭の中を覗いてみたかった。それ以上に、もしかしたらあの芸者の姿をもっとはっきりと目にすることができるのではないかという期待に勝てなかった。

廊下に明かりはないが、それぞれの客室から障子《しょうじ》越しに光が漏《も》れていて、行原と女将の影が前へ後ろへと移動する。

居酒屋と違い、どの部屋からもほとんど声は聞こえてこなかった。その静けさに緊張感が増す。

料亭とはこういうものなのか。正直、こんな高級店に来たのは初めてだ。

でも、あの芸者がいる部屋なら、お座敷遊びの音楽や唄《うた》が聞こえてきてもいいはずだ。なにも聞こえてこないということは、芸者が呼ばれたのはこちら側の部屋ではないのかと落胆する。

「こちらのお部屋になります」

廊下の突き当たり、奥の部屋の前で女将は正座した。

「失礼します。お客様がいらっしゃいました」

障子の向こうに声をかけるが、返事はない。

しかし女将はためらいなく障子に手をかけた。

暗い廊下に慣れた目に、いきなり入ってきた光は凶器だった。

瞼が重たいシャッターのように降りて固まる。視覚が消えた分、聴覚に神経が集まる。

「おやおや、今回のお客はずいぶんと若い人だね」

「こんな若い人が来るとは珍しい」

かなり年配の男の声とみた。

というか、お客って、彼らも客じゃないのか？

小さな瞬《まばた》きを繰り返しながら、ようやく瞼を持ち上げた。

二十畳ほどの部屋に十人の男性客が膳《ぜん》を前にしていた。

若いと言われるのも納得。ここに集っているのはかなりの年配者で、とっくに現役をリタイアした七十代、八十代の男たちばかりだ。ここが花街だった頃から通っていた人たちなのだろうか。

歳は取っているが健康そうで食欲もあり酒も進んでいる。身に着けているジャケットやスーツもお洒落《しやれ》で高価そうだ。

相手が「こいつ誰だ」という反応を示したら、すぐに間違いましたすみませんと言って逃げ帰るつもりだったが、彼らは上機嫌で行原を手招きし、一つだけ手の付けられていない膳の前へと誘《いざな》う。それは誕生日席のように、左右五人ずつ並んだ彼らの中央にあった。

女将に勧められるまま座布団に腰を下ろすと、すぐさま徳利《とつくり》を手にした老人たちに囲まれた。

「よく来てくれたね。待っていたよ」

白髪をオールバックにした老人が徳利を傾ける。高価そうな鼈《べつ》甲《こう》飾りのループタイがてらりと艶っぽく輝く。

「さ、おひとつ」

誰と勘違いしているのかわからないが、熱烈歓迎ムードに流され、行原は膳の上に載っていたお猪口を手に酒を受ける。

「おや、いい飲みっぷりだ。さすが若い人は違う」

酒を注いだ老人はいかにも嬉しそうに徳利を掲げる。

「ささ、もうひとつ」

再びお猪口に酒が注がれ、行原はくいっと飲み干す。

生温《なまぬる》い酒は、喉を通りながら熱くなる。焼けるような香りと旨《うま》さ。上質な酒だ。普段飲んでいるものと全然違う。

「さ、もうひとつ」

皆が我先とばかりに酒を注ごうとする。

すでにアルコールが入っている体には辛い。

「いや、もう酒は」

やんわりと断ろうとして、行原は目を見張る。

徳利を持って次に酒を注ごうとする老人は、芦部元部長だった。

「え、部長……」

上野先輩たちと二軒目に行ったはずだ。なぜ、ここに。

行原はお猪口を持っていない左手で目をこする。

「遠慮なさらずに」

目を瞬《しばたた》けば、芦部元部長はいなかった。そこにいたのは、どことなく芦部元部長に似た他人だった。少し寂しげな目元をした彼は、バブル期後の後悔を未《いま》だ引きずっている芦部元部長を思い出させた。

「後悔……か」

行原の脳裏に自分の抱える後悔が再び湧き上がってくる。

小さいことから、大きなことまで。

幼い頃の友人や、一年ほど前に別れた恋人、そして……。

「自分の澱《おり》に向き合うのはいいことだ。それは正しい行い」

「え？」

「そして、我々は仲間だ」

芦部元部長に似た老人に声をかけられて、行原の動作が止まる。

「キミの胸に巣くう三つの後悔を解消するのと、どっちが早いかな」

自分の心を見透かしているような老人に、行原はどう返していいかわからない。お猪口を持ったまま戸惑っていると、他の客人たちが声をかけてきた。

「どうしたんです？」

「あ、いえ、なんでも」

反射的に行原は愛想笑いを浮かべた。

「さ、おひとつどうぞ」

老齢の男が行原に酒を注ぐ。

「どうも」

頭を小さく下げながら視線をずらせば、芦部元部長に似た彼の姿はなかった。

一体、なんだったのだろう。

胸にこびりつき、痛みを与える想いを流すように、お猪口の酒を一気に飲み干した。

「おお素晴らしい」

「さすがだ」

老人たちが手を叩いて盛り上がる。

「まあ、おひとつ」

「さあ、もうひとつ」

「どうぞ、おひとつ」

ひとつ、ひとつ、ひとつ……。

どこまでも続くひとつ。

決して二にはならない「一」。

永遠の「一」。

終わらない「一」。

零《ゼロ》にも二にもつながらない「一」。

『貴方《あなた》は一に捕らわれた』

鈴を鳴らすような女性の声が耳元で囁《ささや》いた気がした。

行原は口元に持って行ったお猪口を止めて、中の酒を見つめると、自分の背後に芸者の影が映っていた。

揺れる水面《みなも》に歪《ゆが》んで嗤《わら》っているように見えた。

反射的に振り返る。

酔いが回ってぐらり体が揺れた。

彼女の姿はなかった。

『一の籠《かご》の鳥は、ここから出ることはできないよ』

再び耳の中に声が響き、反射的に立ち上がった。

手からお猪口が落ちて、畳に鈍い音を立てる。しまったと顔を元に戻せば、目の前に詰め掛けていた老人たちが消えていた。

「おや、起きなさった」

のんびりとした声に釣《つ》られるように顔を向けると、グラスを磨いている男と目が合った。

可笑《おか》しそうに目を細めて行原を見ている。

白いシャツに黒いベスト、切れ長の目が特徴的な今どきのイケメン。服装と小奇麗な顔には見覚えがあった。

行原に店の場所を教えてくれた男か。いや、ちょっと雰囲気が違うような。やっぱり別人かな、と判断に迷う。

「えっと……あの」

どうやら自分はカウンターに突《つ》っ伏《ぷ》して寝ていたらしい。

寝ていた？　いつから？

さっきまで夢を見ていたのか。

不思議な料亭で次々と酒を注がれた夢を。

妖《あや》しげに美しい芸者も夢だったのか。

残念な気持ちと、安堵《あんど》の気持ちを込めて長く息を吐く。

周りを見回せば、カウンター席しかない四畳ほどの小さなバー。

カウンターの中だけがスポットライトを浴びたように明るく、行原の周りを包むのは柔らかい闇。

「ここはＢａｒ狐火《きつねび》ですよ。お客様は初めてでいらっしゃいますね」

目が慣れてきて、店の細部まで認識できてくると、行原以外に客がいないことを知る。

「あの……連れは？」

行原は酔った頭で一生懸命に記憶を手繰《たぐ》り寄せる。

上野先輩に呼び出され、荒木町で飲んで喋《しゃべ》って、二軒目への誘いを……断ったはずだ。

いや、酔っていたから断ったつもりで結局連れていかれたのだろうか。

だとしても、上野先輩も本井課長も部下を置いて帰ったりはしないと思うのだが。

「連れ？」

男が水の入ったグラスを行原の前に置いてくれた。礼を言って冷たいグラスを手に取る。

酒焼けに渇いた喉を潤《うるお》しながら男をこっそり観察する。

マスターだろうか。この若さでマスターだとしたらたいしたものだ。

男は艶っぽい切れ長の目をさらに細めて言った。

「お客さんはおひとりでいらっしゃいましたよ」

「えっ」

行原は小さく咽《む》せた。

ひとり？　そんなバカなはずはないと狼狽《うろた》える。

「あ、それから、松平《まつだいら》から請求書が届いていますよ」

「まつだいら？」

男は魅惑的な笑みを浮かべる。

「お客様が訪ねた料亭ですよ。まさかお忘れになってはいませんよね」

まるで手品のようにすっと右手の人差し指と中指の間に請求書を現すと、流麗な仕草で行原の前に置いた。

次々と酒を注がれたのは夢の中の出来事ではないのか?

訝りながら請求書に手を伸ばす。そして、血の気が引く音を聞く。

そこにはありえない金額が書いてあった。

『飲食代　参百玖拾参萬円』

三百九十三万円——!? 顔面蒼白《そうはく》になって立ち上がった行原を止めるように、マスターがそっと右手のひらを向けた。

「覚えておいて下さい。どんなに後悔しようと、いつでも時は時計回り」

マスターの右手の親指と小指が折れ、三を表す。

「三つ。今夜、お客様の心を惑わせたものの数です」

どこか切なそうな瞳で、行原に伝える。

「ヒントはそこいらに転がっています。お見逃しなきよう」

「それはどういう意味で?」

行原がさらに困惑して尋ねると、マスターは恭《うやうや》しく頭を下げる。

「失礼しました。こちらのお代は結構ですので」

まったく意味不明だが、行原は構うことなく店の玄関扉に手をかけた。

「それでは、楽しい夜を」

マスターは妖しく微笑んで行原を送り出した。

行原が出会った芸者の笑みとどこか似ていた。

## 二　ここにはここの理《ことわり》がございますゆえ

行原は憤慨《ふんがい》しながら店を出た。振り返ると扉には『Ｂａｒ狐火』の看板。

まさに狐につままれたような気分の行原にぴったりの店名。細目の色男と松平がグルの詐欺師《さぎし》なのでは、そんな気もしてきた。

道に出て、荒木町の夜はまだ終わっていないことを知る。

むしろこれからが本番というような賑《にぎ》やかさ。

狭い車力門通りには、酔ってご機嫌な人々。店からは笑い声が漏れてくる。

腕時計を確認すると午後十一時。

ふと、つむじに視線を感じて空を見上げた。

黒い空に赤く輝く半月と目が合う。

「あれ？　今夜は半月だったか？」

もっと細い月だったような気がしたが。それに、こんなに月が赤く見えるなんて、珍しい。

だが、今はそんなことを気にしている場合ではない。

記憶を辿《たど》って芸者についていった道を進んでいくと、思った通り細く長い道の先に松平の店先が見えた。

法外な請求書に抗議すべく、行原は門を叩く。

三十秒ほどして、見覚えのある桜色の着物を纏った女将が出てきた。

「あらあら、お早い再来で。お待ちしていましたよ。さあ、どうぞこちらに」

満面の笑みで迎えられ、金を払いに来たと思われているのではと、行原は慌《あわ》てて否定する。

「違います。これを……」

コートのポケットに手を入れようとするのを、女将が右手を挙げて制した。

「とにかくこちらへ」

すべてを察したような表情で女将が扉を大きく開けて招く。

請求書を見せて、その内訳を尋ねようとした行原の行動は遮《さえぎ》られた。

玄関先で騒がれても困ると判断したのだろう。

女将はスリッパを揃《そろ》えて差し出すと、さっさと歩きだした。

金色の屏風を正面に、左右に延びる廊下。前とは反対側に女将の姿が消える。

まさかぼったくりバーのように、奥から怖い男たちが現れるんじゃないかと疑いながら行原は玄関を上がり慌てて後を追う。


通されたのは中庭だった。

鹿威《ししおど》しの音、草木のにおい、生温い夜風。

カツン、とひときわ大きく鹿威しが鳴った。それが合図のように明かりが灯籠《とうろう》に灯り、月明かりの下に曖昧だった庭の姿が浮かび上がる。

松や躑躅《つつじ》、椿《つばき》などに囲まれた庭の中央、小さな池のほとりに野点《のだて》の用意ができていた。

緋毛氈《ひもうせん》を敷いた高座に女将の姿があった。桜色の着物も白髪も、月と灯籠の明かりに染まって、艶《つや》やかな橙色に変わっていた。

中庭自体がぼんやりと赤く染まっている。

紅の野点傘の下、釜《かま》から上る湯気が夜空に吸い込まれていくのが不思議に思えた。

「お茶でも飲みながら話しましょう。どうぞ、こちらへ」

釜の前で正座した女将が、柄杓《ひしゃく》で優雅に湯をかき混ぜながら微笑む。

行原には夜の野点なんて初めての経験だ。いや、野点も、茶会も初めての経験で、恐る恐る高座に乗り正座した。

茶道のしきたりなぞ知らず、どう切り抜ければと正座した自分の膝を睨《にら》んでいれば、女将が棗《なつめ》から茶杓《ちゃしゃく》で抹茶を掬《すく》い、茶碗に落とす。それから湯を注ぎ、茶筅《ちゃせん》でシャカシャカとかき混ぜた。

鼻先に瑞々《みずみず》しい抹茶の香りが流れてくる。

高貴でありながら優しく包み込むような香りに、警戒していた心が酩酊するように蕩《とろ》けていく。

いけない。これでは、いけない。相手のペースに乗せられてしまう。

太股《ふともも》に置いた手の爪《つめ》をグッと立てて痛みを与え、凛《りん》と背筋を伸ばしたまま茶を点《た》てる女将の横顔を睨みつける。

コトリ。

膝元から小さな音がして視線を落とすと、いつの間にか膝の前に桜の葉を模した皿が置いてあった。皿の上には二口サイズの半透明な丸い和菓子。中には桜の花びらが浮かべてある。

そっと皿を持ち上げると、菓子はプルプルと震え、中の花びらが風に揺らいでいるように見えた。

「どうぞ、先に菓子をお召し上がりください」

女将が茶を点てながら行原に言う。

「はあ……」

茶会の作法を知らぬ行原は手の中の菓子に視線を戻すが、本当に食べてしまっていいのか、普通に食べていいのかと迷っていると、女将がさらに優しく指南してくれた。

「野点は和風のピクニックでございます。難しい作法はございません。お気軽に楽しんでくださいませ」

菓子を手に戸惑っている行原の姿が可笑しいのか、女将は微笑んでいた。

添《そ》えられている漆《うるしぬ》塗りの菓子切りを手にして、もちっとした弾力のある菓子を二つに分けた。口にすれば、ほんのりと甘い寒天の中に、甘塩《あまじょ》っぱい桜の花びらが香りと共に混ざり合い溶け出していく。少し早い春を舌で味わう。

食べ終わった皿を緋毛氈の上に戻すと、女将が体の向きを変えて茶碗を差し出した。

「頂戴《ちょうだい》します」

糸が絡み合うような複雑な柄を模した碗を両手で包み中を覗けば、自分の影のせいか、夜闇のせいか、茶は黒に近い深緑で、底なし沼を連想させた。

茶を目にするまでは、手のひらに碗を載せて三度回すとか、茶道の朧気《おぼろげ》な知識を思い浮かべていたが、すべて底なし沼に吸い込まれてしまった。

なんとなしにホームの端に立って線路を見ていると、ふと飛び込みたくなる。そんな茫《ぼう》とした頭で碗を口元に、いや頭を碗に近づけたのかもしれない。

気づけば口の中に濃厚な茶の香りと苦みが広がっていたが、苦みが段々と甘みに代わり、喉と頭の芯に熱が灯る。

アルコール度の高い酒を飲んだ感覚に少し似ている。

「結構なお点前《てまえ》で」

コトリと碗を置いて手を放した瞬間、いつの間にやら自分がここにいる理由をすっかり忘れていたと気づいた。

なぜ、大事なことを。

空になった碗を見つめて、もしかするとこの菓子と茶も何万円と請求書が来るのではないかと背筋が凍る。

茶の香りに、いや夜の野点の雰囲気に酔ってしまったせいだ。

行原は一度キリリと唇を結んでから、口を開いた。

「あの、いただいた請求書ですが――」

カコーン、と鹿威しが再び大きく音を立てた。みなまで言うなと、行原の言葉を遮るように。

女将が碗を下げながら言う。

「金額に間違いはございません。お客様が支払うべきものです」

「いや、おかしいでしょう。席に呼ばれて、数杯お酒を飲んだだけですよ。それで三百万円以上って」

ぼったくりバーでも、ここまではすまい。

「ここにはここの理《ことわり》がございますゆえ」

女将が澄ましたまま答える。埒《らち》が明きそうにない。

行原は声を固くして宣言する。

「出るとこ出ますよ」

「出るとは?」

女将が袖を口元にあてて、さも可笑しそうに肩を揺らす。

「荒木町から出ることができないのに」

「え……?」

出るとは、警察に訴えるとか裁判を起こすという意味だ。荒木町から出るという意味ではなく。

でも……荒木町から出られない?

「どういう意味ですか?」

肌も白髪も紅色に染めて、女将が妖しい微笑みを返す。

「そのままの意味でございます」

そんなバカなことがあるものか。

行原は立ち上がり高座から庭に降りる。今すぐこの屋敷を出て行って、朱《あか》い車力門をくぐって新宿通りに飛び出してやろうと思った。

立ち去ろうとする行原に女将が言った。

「理があるのですよ」

「そんなもの知りませんよっ！」

相手の勝手な理など、と女将に背を向け来た道を帰ろうとした時、背後に冷たい空気が流れた。

思わずビクッとして振り返れば、うつむいた女将の白い髪がゆっくりと烏《からす》の濡《ぬ》れ羽《ば》色《いろ》に染まっていく。

女将が顔を上げた。

行原が息を飲む。

そこにいたのは年老いた女将ではなく、なんとも艶めかしい芸者だった。

着物の袖で口元を隠してはいるが、緋色《ひいろ》を引いた目尻は少し持ち上がり、彼女が笑っているのがわかった。

行原は目を剝《む》く。黒い着物の柄に、髪に挿《さ》した簪に、なにより夜の中でもはっきりと輝く黒真珠《くろしんじゅ》のような瞳に見覚えがあった。

彼女だ。

ビルの隙間の狭い道で出会った、行原の芸者の概念を覆《くつがえ》した妖艶な芸者。

「狐火の主人《マスター》にはお気をつけなさいませ」

色っぽくて、それでいて凜とした不思議な声。

「月が消えてしまえばこの世界は闇に消え、貴方も一緒になくなってしまいます。どうかご用心を」

それはどういう意味なのか、貴女《あなた》は何者なのか、この店は、請求書は、いろんな疑問が行原の頭の中で膨《ふく》れあがる。なんとか言葉にしようとするが、喉も唇も動かない。もどかしさに小さく震える。

コン、と鹿威しの音が錐《きり》のように行原の鼓膜《こまく》を突いた。

気づけば、朱い街灯が両脇に立つ車力門通りの入口から、行原は新宿通りをボーッと眺《なが》めていた。

「俺、どうしてここにいるんだ？　確か上野先輩に呼び出されて上司たちと飲んで、それから二次会でバーに……。いや違う、料亭で……」

混乱している行原の耳を馬力の高いエンジン音が通り過ぎて行く。目の前には、高層ビルや見覚えのあるチェーン店が並ぶ広い新宿通り。

午前零時《れいじ》近いというのに、多くの人と車が行き交う。煌《きら》びやかなネオン、排気ガスの臭《にお》い、酔っ払いのご機嫌な笑い声。

見慣れた風景が広がっていた。

「……なんだ」

行原は自分自身でもよくわからない安堵に包まれて朱色の街灯を越えた。はずだった。

だが、目の前には抜け出したはずの荒木町、ノスタルジックな車力門通りが緩《ゆる》やかに下っていた。

ショックを受けると同時に靄《もや》がかかっていた記憶が鮮明になる。

松平の中庭で女将が言った台詞《せりふ》も思い出す。

「まさか本当に出られないなんて……ありえない」

行原は回れ右をして、鼻息荒く新宿通りへ歩き出す。

あと五歩、四歩、三歩、二歩……。

あと一歩！

――一の籠の鳥は、ここから出ることはできないよ。

「そんな……」

まっすぐ前に進んでいたのに、新宿通りに出たと思った瞬間、再び車力門通りを見下ろしている。

行原の背中に冷たい汗が落ちる。

「そんなばかかな」

いくら試してみても街灯の向こう、新宿通りには辿り着けなかった。

行原は朱色の街灯に背を向けた。このまま車力門通りを歩いて行けば外苑《がいえん》東通りに出るはずだ。出た道を右に進めば曙橋《あけぼのばし》駅、左に進めば四谷三丁目駅、新宿通りとの交差点に辿り着く。あるいは車力門通りとほぼ平行して荒木町を突っ切っている柳新道通り、杉大門通りから出るルートもある。

ここだけが荒木町の出入り口じゃない。

「よしっ」

気合いを入れて、新宿通りを背に車力門通りを歩き始めた。

なにかおかしい……。

数メートル歩き出して違和感を覚え、注意して辺りに目を配る。

車力門通りはこんな店ばかりだったろうか？

一見さんお断りと言いたげな格式高そうな店、昭和を引きずったままの飲み屋は覚えがある。だが、そこに混じっていたいかにも若い女性が好みそうなイタリアンレストランや、未来型のモダンでスタイリッシュなバーがなかった。

すべて木造の、懐かしさを感じる建物ばかりだった。

酔ってご機嫌な男たちの服装もだ。ほとんどの男たちが帽子を被《かぶ》っている。スーツも、コートもなんだか野暮ったい、というか古いスタイルだ。

それに来たときには目にした仕事帰りの若い女性たちの姿がない。これから女子会と言わんばかりの華やかなグループも、デートしている男性連れの女性も。男ばかりが道を闊歩している。

大正時代や昭和初期を舞台にした映画の中にでも入ってしまったような感覚。

女性の笑い声が聞こえ驚いて顔を向けると、いかにも金持ちといった風貌《ふうぼう》の老人が三人の芸者を引き連れて小さな料亭から出てきた。

まるでタイムスリップしてしまったかのような光景。

行原は呆然《ぼうぜん》としながらも慎重に外苑東通りを目指して足を進める。

ふと、電柱の表示に目が留まった。

『車力門通り』

足下から延びる道路を視線で追う。迂回するように二度折れ曲がった道。

町の風景は一変しているが、道は変わっていないとすれば、行原が立っている場所は小さな稲荷神社が片隅《かたすみ》に祀《まつ》られていた公園の端。店を探してうろうろしていた行原に道を教えてくれた若い男がいた場所。妖しく魅惑的《みわくてき》な芸者に出会った電柱の道の前のはずだ。

本来ならここに小さな社と稲荷を一角に持つ公園があったはずだ。

行原は道なりに歩きながら、役所のような二階建ての堅牢《けんろう》な木造建築を信じられない思いで観察する。

瓦《かわら》屋根、数寄屋《すきや》造りの飾り気のない家屋は、最初に来たときには絶対に存在していなかった。外からの視界を遮るように黒い柵《さく》で囲まれていて、恐る恐る近づいてみると玄関脇には『荒木町見番』と大きな一枚木の看板がかけられていた。

「あらきちょう……みばん？　みばん、ってなんだろう？」

不可解な町並み、一体自分はどこにいるのか。

夢なのか？　夢なのだろうか？　ならばさっさと覚めて欲しい。

荒木町という悪夢から出ることができれば、きっと……。

「無駄だよ」

耳元で低い男の声がしたと思ったら、ガシっと肩を組まれた。

「だ、誰⁉」

驚いて男の顔を見れば、町行く人たちと同様に中折れ帽を被った行原と同じぐらいの歳の男が親しげに笑みを浮かべていた。

大きな目をした愛嬌《あいきょう》のある顔にどことなく見覚えがある気がしたが、全くわからない。

「なっ、なんなんだお前は」

男がほんの少し悲しげに眉《まゆ》を下げた。だがすぐに気を取り直したようで、豪快に笑うと行原を引きずるように歩いていく。

「こっちだ、行原」

名前を呼ばれて、行原はさらに驚愕《きょうがく》と恐怖を感じる。

「どうして俺の名前を」

「こんなところで再会できるなんてな。でも、よかったよ」

「なんのことだ？　お前なんか知らない。初対面だよな」

行原は腰を折って男の拘束《こうそく》から抜け出そうとするが失敗する。

「いいから、来い」

男に抱きかかえられるようにして、強引に店に引きずり込まれた。

ちらりと見えた看板で料亭らしいと推測する。

玄関を入った瞬間、賑やかな笑い声が聞こえてきた。

「さ、入った入った」

男が行原を強引に店に上がらせた。すぐに着物姿の女中がやって来て、行原と男を店の奥に案内する。

逃げる隙を窺《うかが》いながらも、行原は女中が案内する部屋の前まで来てしまった。

「こちらでございます」

襖《ふすま》が開くと、すでに宴《うたげ》は盛り上がっていた。

三十人近くの客と十人ほどの芸者が賑やかに食べ、飲み、唄っている。

部屋に足を踏み入れたら、得体の知れぬ渦《うず》に飲み込まれそうだ。

「悪い。ちょっと便所に」

部屋に誘う男と女中を振り切って、行原はもと来た廊下を速足で戻った。

便所と言ったのがいいのか、幸い男は追いかけて来ない。このまま店を出てしまおうとひたすら廊下を進む。

だが、いつまで経っても玄関に辿り着けない。

「一体、どうなってんだ」

まるで迷路のような廊下を右へ左へと進みながら思う。

これは酔っぱらって眠っている間に見ている夢だろうか。

それとも本当に自分は「一の籠」に捕らわれて、理不尽で摩訶不思議なこの街から出られないのだろうか。

纏《まと》まらない思考が頭の中で渦巻く。

そんなばかなことあるはずないと心で強く思うが、体は小さく震え出す。

疲れて足の速度が落ちていく。

玄関はどっちだ。立ち止まり左右を見回す。

突然、女のすすり泣く声が聞こえてきた。

「ひっ」

大声を上げそうになった口元を手で覆《おお》い悲鳴を飲み込む。

飛び出しそうになる心臓の音を感じながら、ゆっくりとすすり泣きのするほうに顔を向けた。

声は行原の立っているすぐ横の襖から漏れている。

耳を傾ければ女というよりも、子どもの泣き声に聞こえた。

なんとなく放っておけなくて、行原は思わず声をかけた。

「どうかしましたか？」

襖越しに尋ねれば、一瞬すすり泣きが止まった。

驚かせてしまっただろうか。

あるいは泣いているところを知られて気まずいのかも知れない。

余計なことをしてしまったと行原自身も気まずく思いながら立ち去ろうとすれば、粘り気のある声が引き止めるように足に絡みついた。

「どなた？」

音もなく襖が二十センチほど開いた。

隙間から若い芸者が顔を覗かせる。少し乱れた結髪に、白粉《おしろい》の肌、目尻の紅、着物の襟《えり》から覗く艶やかな肌。

芸者だ。でも、まだ色気を知らない十代の女の子だった。十四、五歳、中学生ぐらいに見えた。着物も鮮やかな紅色に色とりどりの花が刺繍された振り袖で、いかにも子どもという感じがした。

あの妖艶な芸者とは別人で、若干がっかりもしたが、違った意味で目を奪われた。

彼女が予想に反して幼かったのもあるが、その幼い顔にどこか見覚えがあったからだ。

誰かに似ている。

でも、思い出せない。

自分には中学生ぐらいの知り合いはいない。姪《めい》っ子など、親族にもこの歳の子どもはいない。

だけど……誰かに……。

女、いや少女は行原に背を向けて、鏡台ににじり寄り再び懐紙《かいし》を手にすすり泣き始めた。

思い出せない誰かの面影を持つ少女が気になって、行原はそっと部屋に足を踏み入れた。

彼女に怖がられたり警戒されたりしないよう、襖を開けたままゆっくりと膝を折って正座した。

部屋に入った瞬間に、古い畳のにおいが鼻腔《びこう》を突いた。

六畳ほどの部屋には鏡台、化粧箱、衣装簞笥《だんす》が置いてあった。

裸電球だけの頼りない明かりの下、目を凝《こ》らせばシミのある畳、傷ついた壁、破れた襖、年季の入った鏡台と箪笥、どれもこれもが古くさく草臥《くたび》れていた。

何十年も放って置かれた無人屋敷のような埃臭《ほこりくさ》い空気さえ感じる。

芸者の控え室なのか、それにしてもひどい扱いの部屋だ。趣のある玄関や、宴の部屋とは大違い。

まるでここだけ時間が止まっているようだ。

ふと、部屋の隅に置いてあった新聞紙に目が留まる。

この部屋の時間が止まっているのを証明するように、随分《ずいぶん》と古い新聞だった。行原の位置からは見だしと広告ぐらいしか読めなかったが、かなり難しい漢字、旧字を使っている。カタカナの使い方も独特で、イラストも太平洋戦争の映画で出てきたようなものばかり。横書きの文字は左ではなく、右から始まっている。

ここに来るまでにも思ったが、まさか本当にタイムスリップしているなんてことはないよな、と行原の頭に不安がよぎる。

いやそれよりも、目の前で泣いている少女だ。

客の前で失敗でもして叱られたのだろうか。

鏡台の前で懐紙を目に当てながら泣き続ける。震える肩に、漏れる嗚咽《おえつ》。

「どうしたの？」

怯《おび》えさせないようそっと声をかければ、少女の嗚咽が止まる。

「どうしても水揚《みずあ》げをしてくださる相手を好きになれないのです」

「水揚げ？」

聞きなれない言葉に首を傾《かし》げる。彼女は再び泣き始める。このまま去ってしまうこともできるが、年端《としは》も行かない少女を見捨てるには、どうも後ろ髪を引かれてしまう。

「断ることはできないの？」

少女は小さく頭を振る。簪の枝垂《しだ》れ桜がイヤイヤするように黒髪の上で揺れた。

「……お断りはできません」

「なら転職するとか」

「転職？」

少女がゆっくりと顔を上げて振り返る。

頬を涙に濡らした横顔に、助けてあげたいという気持ちが湧き上がる。

「芸者なんて辞めて、ほかの仕事をすればいいじゃないか」

少女は袖に顔を埋《うず》めてしまう。

「そんなことはできません」

「どうして？」

「逃げるなら、この街も、芸歴も捨てなければ」

「芸歴なんて捨てて、転職してやり直せばいいんだ。キミはまだ若い」

少女が袖から顔を離し、背筋を伸ばして涙に濡れた目を行原に向け睨みつけた。

「やり直し……ですって？」

赤く腫《は》れた目に困惑した行原が映る。

「やり直し？　そんなことが？」

少女の目と声がますます険しくなっていく。

「やり直しなんて、貴方がそんなことを言うなんて」

「え？」

自分が言ってはいけないとはどういうことか。少女とは初対面なのに、なぜそんなことを。

ただ、彼女に強く責められているのを感じて、思わず服の上から心臓の辺りを押さえた。

意味がわからないが、少女の強い目にドクンと大きく心臓が跳ね、つられてなにかの記憶が一瞬蘇《よみがえ》った。駅のホームで通過する電車の窓になにかを見つけたような、とても曖昧で、けれど強烈な印象だけが頭の隅をよぎった。

最初に少女を見たときに抱いた、誰かに似ているという感覚に似ている。

「お帰りください」

少女は再び顔を伏せ、背を向けて同じ言葉を繰り返す。

「お帰りください。さあ、さっさとお帰りくださいませ」

目を腫らして泣いている少女を助けたい気持ちは残っているが、自分には芸者の世界《しくみ》はよくわからない。所詮《しょせん》自分は他人《よそもの》だと、行原は立ち上がった。

「あ……」

ふと、部屋の隅にどす黒いものが蠢《うごめ》いているのを視界の端で見つけた。コバエが畳に群れているのかと目をこすってみれば、不気味なものはすでに消えていた。

自分の無力さに失望しながら襖を閉めると、途端に廊下が暗闇に包まれる。

さっきよりも暗くなっている。

いや、電球一個とはいえ、明るい部屋にいたせいだろうか。

目が慣れるまで立ち止まっているという選択もあったが、躓《つまず》くようなものもないまっすぐな廊下。行原は右手を壁に当てて、ゆっくりと足を進めた。

ふいに廊下が明るくなったと思えば、陽気な唄と三味線《しゃみせん》の音、笑い声の混じった賑やかなざわめきが聞こえてきた。

――金毘羅《こんぴら》　船々　追い風に帆《ほ》かけて　シュラシュシュシュ
――まわれば　四国は讃州《さんしゅう》　那珂《なか》の郡《ごおり》
――象頭山《ぞうずさん》　金毘羅大権現《だいごんげん》
――一度　まわれば

ほんの少し先の部屋で大きな宴会《えんかい》が開かれているようだ。

玄関に向かうつもりが店の奥に来てしまったのかと、行原は元来た道を引き返すべく体ごと振り返った。

「うわっ」

「痛っ」

誰かとぶつかって後ろに倒れそうになった行原の腕を相手が摑《つか》み、おかげで体勢を戻すことができた。

「あ、すみません」

とっさに謝る行原に、相手が笑いながら言う。

「いや、大丈夫。それより早く戻ろう」

「え？」

戻る？

「便所に行ったきり戻らないから、気分でも悪くしたのかと心配したよ」

行原を支えているのは自分をここに連れてきた人懐《ひとなつ》こい目をした男だった。

逃げたはずが、結局捕まってしまった。

どうしよう。

男は行原に口を開く隙も与えずに強引に引っ張り、賑やかな部屋へと連れ込む。

そこは酒と料理のにおいが充満する二十畳ほどの大きな部屋で、芸者と客たちが入り交じって陽気に座敷遊びに興じていた。

奥に立てかけられた金屏風の横では、三味線や太鼓を持った芸者が酒盛り唄を奏《かな》で、膳の前にいる男たちが笑いながら手拍子を打つ。男の間に座っている芸者たちは一緒に手を打ったり酒を注いだりしながら、場をいっそう華やかに盛り上げている。

部屋の中央では将棋台《しょうぎだい》のようなものに白い布を被せた小さな台を挟《はさ》んで向かい合う、若い芸者と六十代の男性客。二人の間には、審判のように鎮座《ちんざ》する妙齢の芸者が座っていた。

賑やかでいてどことなく雅で幽玄《ゆうげん》な世界。

思わず心を奪われて力が抜ける。その隙に唄と手拍子の中、行原は手を引かれるまま下座の席に座らされた。

さきほど泣いていた少女の部屋で見た新聞を思い出す。

タイムスリップ……なんて馬鹿な。

きっと、これは夢だ。だから断片的に場所が飛ぶのだ。

荒木町がもとは花街だったことを上司たちから聞いたので、こんなわけのわからない夢を見ているのだ。

きっと自分は飲み過ぎたのだ。

接待の席で飲み過ぎるなんて失態だが、芦部元部長が後悔の話なんかするから、自分もちょっと過去のことを思い出し、酒が進んでしまったのだ。

だが、夢にしてはずいぶんと現実感があるというか……。

「ほら、飲めよ」

行原を強引に連れてきた男は酒がなみなみと入ったお猪口を差し出す。

どうせ夢なのだと、行原は受け取って一気に喉に流し込んだ。

「おお、いけるね」

男が嬉しそうに手を叩く。

行原は口元を拭いながら、現実としか思えない酒の味に動揺する。

本当に夢なのだろうか。夢だとして、覚めることはできるのだろうか。夢の中に閉じ込められるなんてことがありえるのだろうか？

もしかしたら自分は急性アルコール中毒を起こして、死の間際に夢を見ているのでは？

恐怖が体の中をせりあがってくる。

お猪口を口につけながら部屋を見回すと、一人の芸者に目が留まった。

黒留袖を着ている他の芸者とは違い、桃色の色鮮やかな着物を纏っている。髪型も少し違っていて、明らかに一線を画していた。

彼女はまだ座敷に慣れていないのか、ぎこちない笑顔と仕草で隣の男に酌《しゃく》をしている。

さきほどの少女だ。

いつの間にここへ来たのだろう。泣き腫らしていたはずの目元は涼やかで、きれいな紅が施《ほどこ》されていた。

「なんだ、気になるのか？」

混乱している行原に、男がからかうように脇腹を小突いてきた。

「え、いや、あの娘《こ》だけ、なんだか違うなって。着物とか髪型とか。それにずいぶん若い。まだ未成年じゃないか？」

行原は誤魔化すように答える。

「そりゃまだ半玉《はんぎょく》だからね」

男ではなく逆隣りに座っていた老人が話しかけてきた。

「半玉？」

「なんだ、お兄ちゃんはお座敷遊びは初めてかい？」

知らない単語に目を見開く行原に、老人が得意顔で語り出す。

「芸者見習いというか、芸者の雛《ひな》みたいなものだ。ようは半人前」

半人前だから着物や髪型が違うのかと納得すると当時に、見覚えのある横顔から目が離せない。

「でも、確か旦那が決まったって耳にしたな。近い内に水揚げされて、一本立ちするんじゃないか」

「水揚げ……って、その」

言い淀《よど》む行原に、老人がさも愉快そうに大きな口を開けて笑う。それから行原の肩を抱き寄せて、耳元で声を潜《ひそ》めつつ教える。

「そりゃ処女《おぼこ》じゃ一人前の芸者になれないだろ。男女の世界を知らなきゃ」

――どうしても水揚げをしてくださる相手を好きになれないのです。

少女の悲しげな声が行原の耳の奥で蘇る。

「それって無理矢理な売春……」

行原の非難が混じった声を老人が遮る。

「なに言っているんだ。旦那がつけば安泰《あんたい》だし、置屋《おきや》にしていた借金もなくなる。足枷《あしかせ》がなくなり思う存分芸事に集中し、いい芸者になれるんだ。めでたいことだよ。これで彼女は花柳界で立派にやっていけるんだ」

めでたい、めでたい、と老人は陽気に繰り返しながら行原の肩から手を離し、三味線に合わせて拍子をとり始めた。

行原は納得できずに、膳に載っていたお猪口に手を伸ばし、グッと酒を喉に流した。

芸者としては確かにめでたいのかもしれない。

だが、本人が花柳界で生き続けることを望んでいなかったら？

花柳界で生きていくことを望んだとしても、だからといって意に染まぬ相手との初夜を強要されるなんて。あまりに犠牲が大きすぎる。彼女にとって生涯の心の傷になってしまうかもしれない。

なんともいえない怒りが沸々《ふつふつ》と、アルコールの熱さとともに胸の奥で湧き上がる。

お猪口を乱暴に膳に戻して少女に目を向ける。

芸者たちが優美な手つきで酌をするのとは違い、少し危なっかしい手つきで酒を注ぐ半玉の少女。

彼女が体を反転させ、今度は右の客にお酌する。

左の目元に泣きぼくろ。

行原の動きが止まる。心臓がドクンと大きく跳ねた。

誰かに似ていると思った。その誰かが分かった。

むしろなぜ今まで忘れていたのだ。

「……多香子《たかこ》」

記憶の奥に閉じ込めておいたはずの名前が、吐息と一緒に漏れた。

「ん？　誰？」

男が首を傾げた。

「あ、いや、なんでもない」

「それより次はお前が行けよ」

男が座敷中央を指さす。

「あれは金毘羅船々って遊びだよ。台の上に赤い盃《さかずき》があるだろう」

目を凝らせば確かに白い布の上に赤い盃が載っている。

客と芸者は交互に盃を隠すように手を載せ、ふいに盃が消える。

台の上に手のひらを置いた六十代の客が「あっ」と声を上げ、周りが笑い出した。

「いやー、まいったな」

半分白髪になった頭を掻《か》き、勝負の相手をしていた芸者が勝ち誇った艶っぽい笑顔で盃を相手に渡す。そして脇に置いてあった徳利を手に取り、客が持つ手のひらよりも大きな盃に酒を注いだ。

負けて芸者に飲まされるのが男の粋、とでも言うように「弱った、困った」と言いつつも誇らしげになみなみと酒を注がれた盃を口元に持っていき、一気に酒を飲み干した。

「おおー」

「いいぞ！」

「やれ、やれ！」

「飲め、飲め！」

喝采《かっさい》と三味線と太鼓の音が場を盛り上げる。

「唄に合わせて交互に手のひらを盃の上に置くんだ。そして、頃合《ころあ》いを見計らって盃を取る。盃がないときには手を握って台に置かなければならない。もし、手を開いて台に置けば負け。逆に盃があるのに、手を握って置いても負け」

なんて単純な遊びなんだと行原は脱力する。

負けることなんてあるのだろうか？

そんなことを考えていると、次の勝負が始まった。

新しい芸者と客が台を挟んで向かい合う。

——金毘羅　船々　追い風に帆かけて　シュラシュシュシュ

唄が始まる。

盃を取られたら手を握って置く。盃があれば隠すように手を開いて置く。

それだけのこと。

——まわれば　四国は讃州　那珂の郡

盃を取れるのは連続三回まで。

お互いに台の上に盃があるのかないのかを冷静に見ればいいだけ。

——象頭山　金毘羅大権現

客は間違うものかと自信たっぷりに勝負に出るが、徐々に三味線と唄が速くなっていく。

——一度　まわれば

簡単じゃないかと思うが、唄が消えてさらに三味線のリズムが速くなっていくと、酔いのせいもあって判断が鈍くなる。それは参加者だけでなく、観客も同様だ。

単純な勝負、なのにリズムの勢いに飲まれるように引きつけられ、観客も熱くなっていく。

「ああー！」

客から落胆と悲鳴が吐き出される。

遊び慣れた芸者には勝てなかったようだ。

「残念！」

客が頭を抱えて畳に突っ伏す。七十は超えている白髪の男だ。

「さあ、どうぞ」

勝った芸者が楽しげに大きな盃を客に渡す。客は顔を上げてそれを受け取った。やはりなみなみと酒が注がれ、客は負けたのに嬉しそうに盃を空ける。

行原は金毘羅船々に興じている彼らよりも、半玉のほうに気を取られていた。

多香子……似ている、すごく。彼女の十代は知らないが、きっと半玉の娘の姿にそっくりだっただろう。

もし彼女と……。

「おい、どうしたんだ？　いきなり黙りこくって？」

男に小突かれて、行原は自身の回想から帰ってくる。

涙が零《こぼ》れそうになった目頭を乱暴に拭って言う。

「いや、別に、なんでもない」

慌てて誤魔化すように酒を呷《あお》る。

多香子の子ども時代の顔は知らない。

だけど……、行原は半玉の彼女を見つめる。泣きぼくろや、ほんのりと儚《はかな》げな横顔など、

どことなく彼女を思い出させる。

——金毘羅　船々　追い風に帆かけて　シュラシュシュシュ

陽気で妖艶な曲が流れ出す。

次の勝負が始まったのだ。

皆の視線が部屋の中央に集まる。行原も半玉から、勝負する二人に視線を移す。

「ところでさっきの質問だけどさ」

男が行原の耳元で囁く。

「さっきの？」

多香子の思い出を引き剝がそうと勝負に無理矢理目を向けた行原が眉を顰《ひそ》める。

「そう、さっきの。俺たちが初対面じゃないかって質問」

「え？」

「お前が聞いただろう。お前は誰だ、初対面だろって」
——まわれば　四国は讃州　那珂の郡
——象頭山　金毘羅大権現
——一度　まわれば
「俺はお前のことよく知ってるよ、行原暁生。そして、お前のことを思い出すたびに後悔している」
徐々に三味線が速くなる。

行原の目に少しずつ光が戻ってくる。

ゆっくりと開けた視界の先では、他に客はなく、音楽もなく、カウンターの中だけがスポットライトに照らされたように明るく、そこで涼やかな目をした若いマスターがグラスを磨いていた。

見覚えがある。

ここは、Ｂａｒ狐火だ。

マスターは手を休めずに洗練された笑顔だけを行原に向けた。

行原は後ろを振り返り扉を気にしつつ、カウンターに寄る。

なかなか座ろうとしない行原に、マスターが不思議そうに首を傾げる。

「いかがされました？」

「あ、いえ……」

行原はぎこちなく椅子に腰を降ろした。その様子を見てマスターが小さく苦笑する。

「そんなに警戒なさらなくても。うちは明朗会計ですよ。席料も三百円ですから」

磨いていたグラスを置いて、代わりに細長いメニューを手にして行原に差し出す。

「あ、いえ、そんなつもりじゃ……」

少し気まずい思いで受け取ったメニューを開く。

ビールに始まり、ウイスキー、ブランデー、ワイン、カクテルの名前がぎっしりと並んでいる。

行原はメニューを眺めるふりをしながら、グラス磨きを再開したマスターの姿を盗み見る。

自分でもわからないが、彼には気をつけないといけない、警戒しなければならない、注意深く接しろと、頭の奥でそう警告する声が聞こえる。

彼には気をつけろと、誰かに言われた気がする。

そうだ。行原は思い出す。

――狐火の主人《マスター》にはお気をつけなさいませ。

　この世のものとは思えない美しい芸者に忠告されたことを。

「……ここに来るのは二回目なんですけど」

「もちろん、覚えていますよ。前もお一人で、松平の帰りに寄っていただきました」

　容姿の整った、涼しげな切れ長の目が色っぽいマスター。右手に持ったグラスのふちを、布巾《ふきん》で優雅になぞる。

　行原は注意深く彼を見つめる。

「前、というのは今夜のことですか？　それともほかの夜のことですか？」

　グラスを磨くマスターの手が止まった。そして、ゆっくりと粘つくような視線を行原に向けた。

「今夜のことですよ。二回目の」

「今夜……二回目。どういう意味ですか？」

「そのままの意味ですよ、お客様」

　グラスを磨く優雅な手つき、柔らかな微笑みを浮かべた典雅な雰囲気。その中に、違和感を見つけた。

「二回目……じゃないですよね」

　グラスを磨くマスターの手が止まった。

「俺たちは初対面だ」

マスターがグラスを置いて行原の目を見る。

「二回目ですよ」

「嘘だ」

行原は即座に否定した。

「あなたは右手にグラス、左手に布巾を持っていた。俺が最初に会ったマスターは右手で手品のように素早く請求書を取り出した。利き手が違う」

マスターの動きが止まった。それは彼の動揺を表すものだと、行原は自分が正解を引き当てたことを確信する。

「なんだ、もう気づかれたか」

マスターはさきほどまでの人当たりの柔らかい表情を脱ぎ捨てて、蛇のような冷たい目を行原に向けた。

「鈍そうな客《ヤツ》だと思ったが、意外と鋭いな」

行原の背に冷たい汗が落ちる。

マスターはカウンターに身を乗り出して、行原に顔を近づける。

「あんたが前に会ったのは俺の双子の片割れだ」

マスターがさも愉快そうに口の端を吊り上げる。どこか狂気的な笑みに、行原は身を引く。

「誰かの入れ知恵かい？」

誰かという言葉に行原の胸がざわつく。

自分をこの摩訶不思議な荒木町へと引き入れた、のかもしれない芸者。彼女は果たして人間なのか。

「この店は双子のあなたたちが一人のふりをして経営しているんですか？」

マスターはしばし冷徹な目で行原を観察した後、ようやく口を開いた。

「まったく、あの人の気まぐれには困ったものだ。こっちまで振り回されていい迷惑だ」

大げさに肩を竦めてみせたマスターに、行原はおずおずと尋ねる。

「あの人とは？」

あの美しい芸者のことだろうか。

マスターはグラスを持った手を行原の顔の前にかざして質問を遮った。そして、口の端を持ち上げる。

「二回だよ。あんたがチャンスを逃したのは」

「え？」

「そうやって逃げているから籠に閉じ込められるのさ」

清《すが》しい目元が吊り上がる。狐のような邪悪な狡猾《こうかつ》さを感じた。

「取り込まれるのが嫌なら、がんばって抗うことだ」

——月が消えてしまえばこの世界は闇に消え、貴方も一緒になくなってしまいます。どうかご用心を。

行原の耳にもう一度、彼女の声が蘇る。

「次は佑太《ゆうた》のほうに会えるといいな」

マスターの瞳がさっきの月のように赤く見えた。

## 三 若《わ》けえのになんで箱丁なんてなりやがったんだ？

耳の奥に金毘羅船々の唄が張り付いている。

ゆらゆらと揺れているのは地面か、自分か。

まるで船に乗っているようだ。

人生は航海。

詩だったか、歌詞の中だったか、そんな言葉があったなぁ、と思い出していると、フワッと浮上するような感覚が全身に広がった。

目を開けると自分を覗き込んでいる芸者と目があった。

「ああ、よかった。起きなさった」

意識を取り戻した行原は、自分がどういう場所で、どういう格好で寝ていたのか理解し、慌てて起き上がった。

「す、す、すみません」

すばやく正座して頭を下げる。

自分は酔って寝てしまったのだ。しかも、見知らぬ芸者の膝枕で。

「ほほほ。そんなに畏《かしこ》まらないでも。こんな風に無防備な姿を見せてもらえるのも芸者冥利《みょうり》ですから」

「い、いや、でも……本当にみっともないところをお見せして」

高級そうな着物に涎《よだれ》なんか垂らしていないかと、冷や汗が背中を流れる。

行原よりも少し年上に見える芸者は、袖で口元を隠してさも可笑しそうに笑う。下がった目尻の紅が色っぽい。

「ここではどんな我《わ》が儘《まま》を言ってもよろしいんですよ。お客様をとことん甘やかすのが、わたくしどもの仕事ですから。甘えて、甘えて、溜《た》め込んだ嫌な思い、悲しい気持ちや悔しい気持ちなど、負の感情をすべてここに吐き出して置いていってくださいな」

行原はサッと立ち上がろうとしたが、ぐらりと足下が揺れて畳に膝をついてしまう。

自覚はないが、まだ酒がかなり残っているのか。

芸者がまた口元に手を当てて色っぽく笑う。

「まだ、わたくしの膝が必要なのでは？　さあ、いらっしゃいませ」

白い手が着物の膝をポンポンと叩く。

「いえ、これ以上の迷惑は」

「遠慮などなさらないで」

いや遠慮というか、これ以上料亭にいたくないというのが行原の本音だ。だが、芸者のたおやかな手が見かけからは想像できないほどの強い握力で行原の腕を掴む。そして、半ば強引に行原の頭を膝に載せた。

「さあ、もう少し横になってくださいませ」

「いやいや……」

ふと、芸者の肩越しに赤い三日月が見えた。

縁側に続く障子が開け放たれ、硝子戸の向こうに見える中庭では、鋭く尖《とが》った赤い三日月が漆黒《しっこく》の闇空に浮いていた。

今にも空から振り下ろされて、行原の胸に刺さりそうな不気味な細い月。

以前に見たのは、赤い半月ではなかったか？

なぜ月が欠けている？

――月が消えてしまえばこの世界は闇に消え、貴方も一緒になくなってしまいます。

野点で芸者が口にした言葉を思い出す。

「いえ、もうお暇《いとま》します」

「なら、お車が来るまででも横になっていてくださいまし」

女の握力とは思えないほど強く、いまだに離れない白い指が行原の腕を圧迫する。痛みに恐怖がせりあがってくる。

力任せに芸者を振り払おうかどうか迷っていると、襖の向こうから耳障りな声が聞こえてきた。

最初は聞き取れず、ただ鼓膜を不快に刺激するような声だったが、少しずつこちらに近づいてくるように、だんだんと言葉が鮮明になってくる。

——あいつはもう用済みだ。

——信じていたのに裏切られた。

——あんなに愛していると言っていたのに。

——切り捨てられた。

男とも女とも判断できかねぬ、呪詛《じゅそ》の籠《こも》った恨み節が耳の中を這《は》ってくる。

視線を感じて顔を上げれば、天井に黒く蠢《うごめ》くアメーバのようなものがゆっくりと染みてくるのが見えた。

半玉の娘が泣いていた部屋の隅にいたものと同じだ。

「あれはなんです?」

芸者に掴まれていない、自由なほうの腕を上げて天井を指さす。

「あれとは？」

しなやかに芸者が首を傾げる。

「天井にある染みのような……、あの動く黒い染み、いやアメーバのような」

焦る行原とは逆に、芸者はのんびりと天井を見上げて首を揺らす。

「なにもありませんよ。ただの天井じゃないですか」

見えていないのか、見えていないふりをしているのか、芸者は色っぽい笑みを浮かべて行原を引き止める。

「ふふふ。疲れていらっしゃるのね。さあ、目を閉じて、もう少しお休みなさいな」

芸者が優しく撫《な》でるように行原の目を覆う。

視界が遮られた恐怖で、とっさに彼女の手を乱暴に払う。

「あ、れ？」

天井は天井だった。木目以外になにも見えない。

「どうなさったんです？」

行原に強く払われた手を摩《さす》りながら、芸者が哀しそうに問う。芸者の白い手が赤くなっていた。

「ご、ごめんなさい。大丈夫ですか？」

行原はガバッと上半身を起こして座り直し、芸者に頭を下げる。

「大丈夫ですよ。お気になさらずに」

目尻に紅を引いた目で行原を見つめ、ゆっくりと真っ赤な唇を動かす。

「お客様はこれから町の一部になっていただくのですから」

町の一部？

「それはどういう意味で？」

「いえ、もうなってしまっていますわよね。だって、引き込まれてしまったのですもの」

「引き込まれたって、どこに？　誰に？」

「誰でも仲間を求めるもの。わたくしたちは捨てられた感情」

「あの、言っている意味が」

行原の言葉が聞こえていないのか、それともわざと無視しているのか、芸者は朗《ほが》らかに楽しげに話し続ける。

「これからは客ではなく、町の人として。わたくしたちと同じ側ですね。ぜひ、そうなってくださいませ。そのほうが楽ですわよ」

芸者は妖艶な笑みを浮かべて、行原の頰《ほお》をそっと撫でる。

その手があまりにも冷たくて、反射的に立ち上がった。

「旦那様、お帰りになるのであれば玉代《ぎょくだい》をお支払いくださいな」

玉代とはなんだろうと疑問に思う余裕さえなく、行原は足下ににじり寄って来る芸者の姿に全身を凍らせる。

彼女の笑みは美しいのに、それ以上に禍々《まがまが》しくて体が動かなくなる。

「金銭で払えないなら、体で払ってもらいますよ」

芸者に摑まれた足首が痛いほど冷たい。

「というか、すでに貴方様は、こちら側でございましょう」

自分を見上げる芸者のぽっかりと空いた空洞のような目に吸い込まれ、行原は気を失った。


ここは……どこだ。

ぼんやりと見えてきたのは薄汚れた裸電球。やがて霞《かすみ》がかったような明かりが広がっていく。

狭い部屋だ。

六畳ぐらいの部屋の中央で四人の男が顔をつき合わせるように輪になって、花札で遊んでいる。

男たちはみな初老と言っていい年齢で、薄汚れた下着と股引《ももひき》の恰好《かっこう》だ。

安酒と煙草と汗のにおい。

座布団の上に並べられた花札と金が、背を丸めた男たちの隙間から見え隠れする。

行原はザラリとした壁に背を凭《もた》せ、電球にぼんやりと照らされながら賭《か》け事をする男たちを眺めた。

「兄ちゃん、若《わ》けえのになんで箱丁《はこちょう》なんてなりやがったんだ?」

隣に誰かが座っていることに気づいていなかった行原は、つい「うわっ」と叫んでしまった。

花札に興じていた男たちが胡乱《うろん》な目で行原を見る。

誰も彼も草臥《くたび》れた、それでいて肝《きも》の据《す》わったように見える老齢の男たちだった。

「五月蠅《うるせ》えぞ、新箱」

一番長老に見える男が言うと、他の男たちは同意するように舌打ちして行原を睨みつけた。まずかったかと内心ヒヤヒヤしたが、すぐに男たちの興味は行原から手元の札に移ってしまった。

「初夜だからって、そんなにビクつくなよ」

ヤニに汚れた前歯を見せて、隣の男がイヤらしく口元だけで笑う。

行原は留置場に入った新人の気分になった。

もちろん留置場に入ったことなんてない。だが、今の雰囲気はドラマや映画で見る留置場や拘置所《こうちしょ》の雰囲気そのまんまだ。

いや、留置場や拘置所では自由に煙草や酒はできないだろうから、ここはやはり荒木町の中なのだ。

行原は目の前の光景を眺めながら頭をフル回転させる。

擦《す》り切れたカーテンの隙間から赤くて細い三日月が見える。芸者の肩越しに見えていたのと同じ月だ。

芸者に膝枕してもらった夜と繋がっているのだろうか。

彼女は玉代が払えないなら体で払えと言っていた。

玉代がなにかわからないが、払えというのだから飲食代か芸者への謝礼、あるいはチップなのかもしれない。

つまりここで働けということか。

「すみません、俺……いや、わたしは花街のこと、なんにも知識がないので、いろいろ教えていただけませんでしょうか。箱丁ってなんですか?」

「はあ⁉」

男はつまらなそうに笑みを解いて煙草をふかした。

彼はもう五十を超えていると思うが、それでもこの部屋の中で行原の次に若い。だから花札の輪に入れず、退屈しのぎに行原に声をかけたのだろう。

「知らねぇでこの世界に来たのかよ」

「す、すみません」

男がふっと紫煙を吐いて自嘲《じちょう》する。

「箱丁の丁ってのは、甲乙丙《へい》丁の丁。つまり底辺。芸者の三味線箱を持つ、女に仕える最低の仕事をしている俺たちのことさ。本当は箱屋っていうんだけどな」

「芸者の荷物持ちをすればいいんですか？」

そのくらいならできると安堵した。

男はチッと舌打ちする。

「一番の仕事は店と置屋を結ぶことだよ」

「店と置屋？」

男は呆れ顔をする。

「店は客の要求に応《こた》えて、見番に芸者を何人、あるいは芸者の誰それをいつ何時に呼んでくれとお座敷をかける。俺たち《おれたち》は芸者を囲う置屋に逢状《あいじょう》を届けに行く」

「逢状？」

男はますます呆れ顔になったが、きちんと教えてくれる。存外世話好きな性格なのかもしれない。

「お座敷がかかったことを伝えるメモだ。料亭と指名された芸者の名が書かれている」

「店が直接芸者さんを呼ぶんじゃないんですね」

「そんなことしてみろ。次の日には見番《けんばん》にも置屋にもそっぽ向かれて廃業だ」

これが花柳界の理か。

「じゃあ、指名が入ったと伝えればいいってことですね」

そんなに難しい仕事ではなさそうだ。ホッと胸を撫で下ろす行原に、甘ぇなと男が付け加える。

「約束はなにも事前に入るばかりじゃねえ。宴の最中に、旦那が気まぐれで誰それを呼べと言い出すこともあるし、呼びつけた旦那が嫌でなにかと理由をつけて座敷にこない芸者もいるし。そんな場合は箱丁《おれたち》が上手く誤魔化さなきゃなんねぇ。時には自分のしくじりのせいにしてな。絶対に芸者を悪者にしちゃいけねぇ」

ただの伝書鳩《メッセンジャー》というわけではなさそうだ、と行原は姿勢を正し唾《つば》を飲み込む。

「人気のある芸者は座敷を掛け持つから、それこそ分単位で迎えに行って、荷物を持って次の場所に送っていく。忙しい上に宴の途中で抜け出させるんだから、周りへの気配りも俺たちの仕事だ。辛《つ》れぇぞ」

「はあ……」

「俺たちは花街の底辺、屑籠《くずかご》よ。所詮《しょせん》は汚れ役。とにかく店や芸者が悪者にならないよう、すべての泥《どろ》をかぶるんだ」

「……肝に銘《めい》じておきます」

動いているのが不思議なほど古びた壁掛け時計は午前三時を指している。だが、誰も寝ようとしない。寝起き部屋に皆が集まっているということは、もう荒木町も店じまいのはずで、箱屋たちの仕事も終わりだと思うのだが。

「ふう……。いつまでやってんだか」

男が誰にも聞こえないように小さな声で呟《つぶや》いた。恨み節のような呟きは、賭け事で盛り上がっている四人の男たちへ向けたものだ。

隣にいる行原だけは彼の愚痴《ぐち》を聞き取り、そして察した。

彼らが部屋の中央に陣取っているから布団が敷けないのだ。敷けたとしても年長者を差し置いて眠ることは許されないのだろう。だから隣の男は退屈そうに壁により掛かって、ただ勝負を眺めているのだ。

行原はいま一度、襤褸《ぼろ》切《き》れのようなカーテンの向こうに目をやる。

赤い月がこちらを見張るように浮いている。

このまま起きていたら、初めて荒木町の夜明けに出会うことができるのだろうか。

背中に強い衝撃を受けて、行原は目覚めた。

「てめぇ、とっくに置屋にでも行ったかと思えば、まだ寝ていたのかよ！」

雷《かみなり》のような怒号に行原は飛び跳ねる。

いつのまにか眠ってしまったようだ。

行原を睨みつけているのは、声をかけていろいろ教えてくれた男だった。

昨夜は暗くてよく見えなかったが、角刈りに似合わない大きな目をした男で、なんとなく愛嬌があり、抱いていた印象よりは親しみやすい顔をしていた。豆電球ではなく、夕暮れの明かりの下で見た男は五十歳よりは若いかもしれない。

「てっきり吉三《よしぞう》さんについているとばかり思っていたのに。結局、俺に押しつける気ぃかよっ」

「す、すみません」

自分は出勤初日から寝坊で遅刻していたらしい。

「さっさと顔を洗って着替えろ、原吉《はらきち》」

「原吉？」

「てめぇの名だ」

怒鳴りながら着物と野袴《のばかま》、足袋《たび》を投げて寄越す。

どうやら芸名ならぬ、箱屋名らしい。芸者と同じように、箱屋も本名を名乗らないのだと理解する。

「いいか。すぐに下に降りてくるんだぞ。にしても、てめぇ変なん着てんな」

男がじろりと行原の全身を舐《な》め回すように見た。

行原も改めて自分の服装に目をやる。上野先輩に呼び出されて荒木町に来たスーツ姿のまま。この世界にもスーツはあるが、行原のものとは形や着こなしが若干違う。

自分だけは何も変わらないんだと思えば少し安心する。

とにかく急いで着替える。正しいのか間違っているのかはわからないが、見よう見真似で一通り着付けを終えて顔を洗い、一階へ降りていく。

そこは事務所でひっきりなしに電話が鳴っていた。

電話は黒くて大きくて、行原の知らぬダイヤル方式だった。ドラマや映画でしか知らない電話に興味津々《しんしん》で、行原は帳場が受話器を取り、逢状に店と芸者の名を書いていくのを物珍しく見つめた。

「ほら、これ届けてこい」

「こ、これは？」

渡された四つ切の半紙を手に尋ねる。

「それが逢状だ」

行原を起こした男が言い、簡単に仕事の説明をしてくれた。男は三蔵《さんぞう》と名乗り、それは本名ではないという。

行原に原吉という名が与えられたのと同様に。

行原は壁に貼《は》り付けられた荒木町の地図を見て目的の置屋の位置を確認する。

時代は変わっても、地形はほとんど変わっていない。

新宿通りと外苑東通りと津《つ》の守《かみ》坂に囲まれた三角形のすり鉢《ばち》状の土地。新宿通りと外苑東通りを結び、平行するように走る車力門通り、柳新道通り、杉大門通り。それらを結ぶように巡らされた蜘蛛《くも》の巣のような小さな小径。

ごちゃごちゃと小さな店がひしめいているが、荒木町自体はたいした大きさはなく、細かい小径を除けば道筋は極めて単純だ。

「急げ!」

先輩箱屋に怒鳴られて、行原は懐《ふところ》に逢状をしまうと草履《ぞうり》を履《は》き、慌《あわ》てて見番を出ていく。

東の空はすでに暗く、西の空にも夜が届きそうだ。

そして、頼りなく細い月が不気味に赤く輝いている。

ぽつぽつと看板や店に明かりが灯っていく道を急ぐ。

小さな煙草《タバコ》屋の角を曲がるとすぐに目的の置屋の屋根が見えた。

玄関で芸者の名を呼べば、女将が少し驚いた表情で姿を現した。

「若い男の声がしたと思ったら、あんた新顔かい」

「行……、原吉と申します。以後、お見知りおきを」

「まあ、まあ。若い子が珍しいこと」

好奇な目でじろじろと行原を眺める。

「小春姐《こはるねえ》さんに」

きまり悪い思いで逢状を差し出す。

「はいはい、ご苦労様」

女将が逢状を受け取ると逃げるように置屋を出た。

「おや？」

置屋から数歩進んだところで、脇道でしゃがんでいる男が目に入った。

彼は何かを探しているようで、腰を折って暗い道に目を這わせている。

高そうな外套《がいとう》からは、やはり仕立てのよさそうなズボンが見えている。荒木町の住人ではなく客であろう。

「あの、どうかしました？」

声をかけると、男が腰を折ったまま振り返る。

「ああ、すみません。ちょっと財布を落としたようで」

暗くて顔はよくわからないが、身なりと声からまだ若いようだ。

「それは大変ですね。どんな財布ですか？」

「あ、大丈夫ですよ。この道で落としたのは確かなので」

男は遠慮するが、行原は明るく答える。

「なら、二人で探せばすぐ見つかりますよ」

行原も腰を落として、店と店の隙間や置き看板の下などに目を向ける。

頭上でパチパチパチと音がして、ちょうど行原の真上にあった店の看板に明かりがついて足下が明るくなった。

店の脇に置いてあるビール瓶の隙間に黒い物が見えて、行原は手を伸ばした。指先が革の感触に触れる。

つまんで引っ張り出すと、思った通り黒い長財布が出てきた。

「これじゃないですか？」

意気揚々《ようよう》と勢いよく男のほうへ腕を伸ばすと、財布に挟んであったのか、白い紙が一枚ひらりと落ちる。

「あ、なにか落ちた」

行原はしゃがんで地面に落ちた紙を拾った。領収書かと思ったが、予想外の厚みだった。しかも固くて、微かに滑《ぬめ》りがある。

紙ではない。もっと固くて厚みのあるもの。

裏を返した瞬間、「あっ」と行原は声を出した。

そこには小学生の行原がこっちを向いて笑っていた。デジタルカメラが主流になった今、ほとんど手にすることのない紙焼き写真。

これは運動会の写真だ。

赤い鉢巻きをした行原が両手にピースサインをしてカメラに笑いかけている。

背後には懐かしいクラスメイトたち。

確かプロのカメラマンが撮った写真。

運動会の後日、学校の廊下に写真が貼り出される。欲しい写真の番号とお金を封筒に入れて先生に渡し、購入するという仕組みだった。

他にも買った写真はたくさんあったが、これだけはよく覚えている。

なぜなら、アルバムから抜き取られてしまった写真だから。

何枚もあった運動会の写真。よりによってこの一枚が抜き取られてしまうなんて、と当時はものすごくショックで、犯人を探そうと真剣に思っていた。でも、まったく見当はつかず……。

いや、ひとりだけ怪しいと思った人物はいた。

でも確かめる勇気はなかった。

悩んでいる間に、彼は転校してしまった。

突然のことだった。クラスメイトには教えていなかっただけで、彼自身はきっと転校することをもっと前から知っていたのだろう。

行原は写真の中の友だちに語りかけるように目を凝《こ》らす。

みんなの名前を覚えている。だけど、今ではもうすっかり交流が途絶えた。

大学入学と同時に故郷を離れてひとり暮らし。それが今でも続いている。故郷には数年に一回、親族の冠婚葬祭《かんこんそうさい》がある時ぐらいしか帰っていないから。

「ありがとう。その財布だ」

男がゆっくりと近づいてくる。

看板の明かりの下に見えた大きな目、どことなく人懐こそうな顔は、行原を強引に座敷へと連れて行った男だった。

「俺のことも思い出してくれたか？」

行原は男の顔をじっと見つめてうなずく。

「ああ」

座敷で彼は行原のことを知っていると言った。自分はこんな男知らないと思っていたが、思い出した。いや、思い出したというのは語弊《ごへい》がある。この写真のお陰で、彼が誰だか想像がついた。

「お前、杉田《すぎた》か？」

「そうだよ、行原」

男が泣きそうな笑顔でうなずく。

「ごめん。俺が盗んだんだ」

「……やっぱり、そうだったんだ。杉田」

彼の顔を見たとき、どこかで会ったことがあるような気はしていた。

まさか、小学校のクラスメイトだったとは。

しかも、こんなところで再会するとは。

行原は杉田にも見えるように写真を持った手を動かす。

杉田は嬉しそうに目を細めて写真を眺めた。

彼が見ているのは中心に写っている行原ではなく、行原の斜め後ろにいる少女だ。

彼女の名前は足達春菜《あだちはるな》。

長い髪をポニーテールにして、愛らしい顔でカメラに写っていた。

甘酸っぱい思い出が蘇る。彼女は可愛《かわい》くて、頭もよくて、学級委員もしていて、友だちの多いリーダー的な女の子だった。

クラスメイトの男子のほとんどが、彼女に恋心を抱いていた。行原も例外ではなかった。

けれども彼女と一番仲がよかったのは、やはりクラスで一番頭も運動神経もよかった学級委員の男子だった。

「どうしても彼女の写真が欲しかった」

行原は写真を盗んだのが彼ではないかと疑っていた。

なぜなら、最後にアルバムを見せたのが彼だったからだ。

けれど「写真取っていった?」と聞くことはできなかった。友だちを疑うなんて恥ずかしいと思ったし、否定されたらどう対処していいか分からない。肯定されてもどう反応すればいいのかわからなかった。

それでも態度に疑う気持ちが出ていたのだろう。

彼はどこかよそよそしく行原に接触するようになり、一ヶ月後には転校してしまった。

「行原の家にいく前日だよ。親から転校することを聞いた。自分が写っていない写真を買う勇気がなかった。もし、もっと前に聞いていれば、勇気を振り絞って、親になんて言われようと彼女が写っている写真を買ったと思う。本当にすまなかった」

行原も同じ気持ちだ。彼に問おうと思いながら、結局できなかった。

彼が正直に話してくれていたら、たぶん自分は写真を譲っていた。

心のしこりを残したまま、彼と離れたくなかった。

杉田が深々と頭を下げようとするのを行原が止める。

「知ってるか? 花泥棒《はなどろぼう》は罪じゃないんだぜ」

きょとんと顔を上げた杉田に、行原は悪戯《いたずら》っぽく笑う。

「クラス一の美少女。頭も運動神経もよくて。高嶺《たかね》の花だったよな」

写真がなくなったと知ったときはショックだったけれど、今じゃ子どもの可愛い悪戯にしか思えない。懐かしさばかりが込み上げる。思えば初恋ではなかったか。

行原の意図を汲《く》み取って、杉田は泣き笑いの顔でうなずく。

「ありがとう」

ゆっくりと夜が落ちてくる荒木町の小径で、懐かしい友人に会えるとは思わなかった。理不尽な世界に放り込まれた困惑や恨みも一時忘れる。

「この時の運動会は俺らが優勝したんだよな」

「ああ。赤組の勝ちだった。彼女と行原が走った男女混合リレーで一等になったからな」

そうだった。行原は順位を落とさないだけましという程度の走りだったが、彼女と学級委員の彼の活躍によって一位を取れたのだ。接戦だった勝負の決定打となったリレーだった。

「逆転劇だったよな。本当に興奮した」

「うん。今でも走っていた時の気持ちが蘇るよ」

抜かせなくとも、抜かされないようにと必死で走った思い出。男女混合リレーは運動会の最後の種目、メインイベントだ。

メンバーに選ばれるだけでも名誉だった。さらに一等を取れたとなれば最高の誉《ほま》れだ。だからこその満面の笑みを浮かべて撮《と》られた写真だった。斜め後ろにいる足達春菜も喜び一杯の表情だ。

好きな子の笑顔。当時はとても大切な宝物だった。

「本当に嬉しかった」

「リレーメンバーでない俺も興奮したよ。応援席で跳び上がった」

小学生時代なんて思い出すのは何年ぶりか。しかもこうして誰かと話すなんて。

地元を離れた行原には、こんなふうに子どもの頃の思い出話をする相手はもういない。

「行原は上京したんだな。地元には帰っているのか？」

「いや、ほとんど帰っていない」

「なんで帰らないんだ？」

「帰ったところで、地元に残っている同級生も少ないだろうし」

「でも、親御さんは健在なんだろ」

行原は責められているような気がして俯《うつむ》く。

「帰れないわけでもあるのか？　それとも帰りたくないわけでも？」

杉田がからかうように言う。彼はちょっとした冗談のつもりだったろう。

だが、行原の心を的確に抉《えぐ》った。

故郷では年老いた母がひとりで暮らしている。

たまには帰らなくては。

そう思う反面。

帰りたくない。

思い出したくない。

同じ強さで想ってしまうのだ。

喉に小石がつっかえたように、うまく言葉が発せなくなり、かすれた声で言い訳まがいに言う。

「仕事が忙しくて」

誤魔化す自分にますます暗く重い気分になる。

「本当はもっと顔を見せないといけないのに。結婚して安心もさせてあげられず、孫を抱かせてやることもできず、俺は……親不孝だな」

杉田が苦笑する。

「俺も親孝行していないよ。でも、自分が幸せなら、親は満足してくれるんじゃないかなって勝手に思っている」

「そうなら……いいんだけど」

写真の中で屈託《くったく》無い笑顔を見せる自分の姿が眩《まぶ》しすぎて辛い。

しばらく無言のまま写真を見つめていると、ふいに杉田が背筋を伸ばして行原の背後に目を凝らした。

「どうした？」

なにかあったのかと、行原も自分の背後を振り返る。

さきほどよりも暗くなった町に、色とりどりの妖しい光が灯り出す。

花柳界荒木町が目覚め始めたのだ。

「いや、なんでもない」

杉田が背筋を緩めて笑顔を向ける。

「今夜はもう大丈夫だ」

「大丈夫って？」

杉田の右手がポンと行原の肩を叩く。

「本当にありがとうな。機会があったら飲みにでも行こう」

「ああ」

肩を叩いた手で握手を求め、行原はそれに応じてグッと力強く彼の手を握った。

「俺の後悔を救ってくれた恩返しは必ずするよ。でも、今はここまでだ」

最後に泣き笑いのような笑顔を見せて、杉田が消えた。


コン。

額に冷たく固い感触。痛みは……ない。

「おや、起きなさった」

のんびりとした声に釣られるように上半身を起こすと、カウンター越しにグラスを磨いているマスターと目が合った。

白いシャツに黒いベスト、切れ長の目が特徴的な今時のイケメン。服装と小奇麗な顔には記憶がある。

まるでデジャヴ。

夢の中でタイムリープしているのか。

行原は周りを見回す。

初めて彼に会ったときのように、自分はカウンターに突っ伏して寝ていて、枕にしていた腕からちょっと頭がずれてカウンターに額をぶつけてしまったようだ。

夢……。

いや、違う。

行原は胸ポケットの中から写真を取り出す。

二十年以上の時を経て、戻ってきた写真。

夢じゃないのだ。

いや、夢なのかもしれないが、夢の中での確かな現実なのだ。

箱屋になったことも、半玉の娘に会ったことも、杉田に再会したことも。

行原は写真を食い入るように見つめる。

「どうしたんです、怖い顔をなさって。悪夢でも見たんですか？」

マスターが穏《おだ》やかな笑みを浮かべながら行原に尋ねる。

「夢……。ええ、夢を見ていたんです」

まだ背中は冷たい汗に湿っている。

今までの体験が夢だというのなら、どこからが夢なのか。

上野先輩に呼ばれたのも、上司たちと荒木町で飲んだのも夢なのか。

自分は営業回りの途中、電車の中でうたた寝でもしているのか。

ここはいったいどこの続きだ。

コトンと音がした。男にしては細く長い指がグラスを行原の目の前に置いたのだ。グラスを持つ手は右手で、さきほどまでグラスを磨いていたのも右手だった。

彼は右利き……。

「ゆうた……さん？」

グラスから離れようとした指が動きを止めた。

「なぜ、わたしの名前を？」

行原が顔を上げると、マスターと目があった。マスターは柔らかな笑みを浮かべながらも詰問するような冷たく険しい瞳で行原を見つめ返していた。

「あ、いや、あの……」

思わず行原は目を逸《そ》らしてグラスに視線を落とす。

冷たい沈黙が落ちた。

それに耐えられなくなり、行原がグラスに手を伸ばそうとしたとき、マスターが小さく息を吐いた。

「そう。佐輔《さすけ》に会ったんですね」

重い沈黙が解けていった。

マスターの人差し指が器用に行原の向きで『佑太』とカウンターに書く。

「俺が会った双子のマスターが佐輔さん、なんですね」

佑太は返事をする代わりに、人差し指で『佐輔』とカウンターに書く。

「お二人でこのＢａｒを切り盛りしているんですか？」

「はい。あ、いえ……」

佑太は言葉を切って、それから意味ありげな笑みを口元に浮かべた。

「一緒に、というのは少し語弊がありますね」

それ以上は秘密というように、長い人差し指を口元に立てた。

尋ねても無駄だと行原は悟《さと》り、黙ってグラスを持ち上げて口をつける。冷たい水が心地よく喉を流れて、体全体を潤していく。

少し余裕を取り戻した行原は、今までの出来事を整理するように思い浮かべる。

——一の籠の鳥は、ここから出ることはできないよ。

行原は車力門通りから出ることはできなかった。

でも……。

——月が消えてしまえばこの世界は闇に消え、貴方も一緒になくなってしまいます。どうかご用心を。

その言葉は、裏を返せば月が消えなければ閉じ込められないということだ。

——覚えておいて下さい。どんなに後悔しようと、いつでも時は時計回り。

——ヒントはそこいらに転がっています。お見逃しなきよう。

あるのだ。

荒木町を抜け出す術《すべ》はあるのだ。

理を解けば、きっと繰り返す悪夢から脱出することができる。

行原はギュッとグラスを握った。

## 四　いろんなものに喧嘩を売ってきたようですね

「おい、ぼさっとしてねぇで、早くこれ届けに行け」

思い切り頭をはたかれて、行原は我に返った。

三蔵が逢状《あいじょう》を行原の胸に押しつける。

「はいっ」

行原は反射的にそれを受け取って駆《か》け出した。

自分の服装を見れば、着物に野袴《のばかま》。この摩訶《まか》不思議な町では箱屋《はこや》、原吉としての役割を果たさなければならないようだ。

玄関を開ければ、立ち並ぶ小料理屋や料亭。頭上には赤い月がやはり行原を見張っている。

「半月だ……」

月はちょうど満月をきれいに二等分した形だった。

前に見た月は三日月のように細かった。

行原は逢状を抱え、歩きながら考える。

三日月の前には確か半月を見た。

あの月の満ち欠けは、過ぎた日を表すのではなく行原が荒木町に完全に閉じ込められるまでの猶予《ゆうよ》を示しているのではないだろうか。

この推理が正しければ、今回は延長時間を貰《もら》ったということだ。

「なぜ？」

今は存在しない花柳界《かりゅうかい》荒木町で、時々現れるBａｒ狐火。そこに行くと、夜がリセットされる。

この荒木町と同様、妖《あや》しく摑《つか》み所のない双子のマスター、佑太と佐輔。

――いつでも時は時計回り。

佑太の言葉を思い出す。この町では時間の概念《がいねん》が歪《ゆが》んでいるのに、変なことを。

「あ……」

行原の足が止まった。手のひらに佑太、佐輔と書いてみる。

右の人と書いて「佑」。左の人と書いて「佐」。

佐輔は言った。次は佑太のほうに会えるといいな、と。

「右が正解なんだ」

月が肥えたのは、この町を出るために必要ななにかを達成したか、正しい選択をしたのだ。

だから佐輔ではなく、佑太に会ったのだ。

「でも、なにが正解なんだ？」

なにをしたから月が肥えたのか、まったくわからない。

行原が前の夜に経験したことは杉田に会って和解し、盗《ぬす》まれた写真の行方《ゆくえ》がわかり、自分の元へ返ってきたということ。

「杉田……」

彼も行原と同様に、荒木町に閉じ込められたのだろうか？

ここにいれば、また彼に再会することができるのか？

悶々《もんもん》としながら目的の置屋《おきや》についた。

「見番《けんばん》です。朱美《あけみ》姐《ねえ》さん、桝田《ますだ》でお座敷でございます」

玄関に入るなり、行原が声を張り上げる。

「あれ？」

なんの反応もない。

もう一度行原は芸者を呼び出すが、出てこない。

「聞こえなかった……ってわけじゃないよな。こんなに静かなのに」

自分の呟《つぶや》きで気づく。

おかしい。

静か過ぎる。行原は不安げに置屋を見回す。

芸者を呼んでもすぐに出てきてくれないことは多々ある。わざとらしくもったいぶっていたり、化粧など身支度の途中で出てこられなかったり。それでも返事だけはあったり、代わりに女将《おかみ》が出てきたりするものだ。

だが、誰も出てこないどころか、物音一つしないのは妙だ。

まるで無人のよう。気配さえしない。

「失礼します」

行原は草履《ぞうり》を脱いで置屋に上がった。

芸者が起き伏ししているのは、たいてい二階の部屋だ。

ギシギシと不吉な音を立てる階段を上がり、左右に襖《ふすま》のある廊下《ろうか》に立つ。頼りない電球に照らされた廊下は、不自然なぐらい行原の影を濃くして、まるで足下に底のない穴が空いたように見えた。

「見番です。朱美姐さん、いらっしゃいますか？　朱美姐さん？」

廊下を進みながら呼びかけるが、行原の声は足下の影にでも飲み込まれたように無視された。

さすがに襖を開けるわけにはいかない。だが、まったくなんの音もしないというのは奇妙だ。

座敷を控《ひか》えた時間に芸者が不在なんて。女将さえいないなんて。ありえない。

重い静寂《せいじゃく》、冷たい空気が行原の背中を撫《な》で、ビクッと肩を跳ね上がらせて背後を振り返った。

ほんの少しだけ開いている襖を見つけた。

変だな、来た時は全部しっかりと閉じられていたのに、と思いながら行原はそっとその襖に近づいていく。

覚えのある泣き声が聞こえてきた。

襖の隙間《すきま》を覗き込めば、半玉《はんぎょく》の少女が姿見の前で泣いていた。

もしかして、あの少女だろうかと目を凝《こ》らせば、予想通り、多香子に似た、旦那《だんな》を好きになれないと言っていた少女だった。

——旦那がつけば安泰《あんたい》だし、置屋にしていた借金もなくなる。足枷《あしかせ》がなくなり思う存分芸事に集中し、いい芸者になれるんだ。めでたいことだよ。これで彼女は花柳界で立派にやっていけるんだ。めでたい、めでたい。

芸者としてはめでたいのかもしれない。だけど、彼女がそれを望んでいないのなら……。

行原は襖を叩《たた》く。

「どうかなさいましたか？」

すすり泣く声が止まった。

「入ってもよいですか？」

はいとも、いいえとも答えは返ってこない。しかし、拒否の言葉がないということは許可されたのだと勝手に解釈し、行原は襖を開けた。

半玉の少女が顔を上げて行原を見る。

「また、お会いしましたね。俺のこと、覚えていますか？」

姿見の前に座っていた少女がゆっくりとうなずく。

行原は少女を安心させるように微笑《ほほえ》む。

多香子に似た彼女の涙を放ってはおけなかった。

夢なのか現実なのかわからない世界だけれど、彼女を救いたいと思った。

それが多香子に対する贖罪《しょくざい》の代わり、ただの自己満足だとしても。

「覚えて……います」

「あの日も泣いていましたね」

あの日がいつなのか、そもそも現実なのか、連続した夢の続きなのかわからない。だが彼女は自分のことを覚えてくれていた。

行原はしゃがんだまま膝《ひざ》を畳に擦《こす》りながらそっと部屋に入る。

「そんなに嫌な旦那に水揚《みずあ》げされるぐらいなら、逃げよう」

少女が涙に濡《ぬ》れた目を大きく見開いた。少し崩れた紅の目尻《めじり》の化粧、左目の泣きぼくろ。

花柳界の倫理や道徳なんて知らない。

ましてや、この摩訶不思議な荒木町の理《ことわり》など。

ただ、彼女を助けたい。彼女の涙を止めたい。

多香子に似た彼女に後悔するような道を歩んで欲しくない。そのためにできることがあるのなら……。

後悔がないと言えば嘘《うそ》になる。

でも自分の選択は間違いではなかった。

ベストではなかったかもしれないが、たぶん間違いではなかった。

と、行原は自分に言い聞かせる。

＊

空が白み始めた夜と朝が交代する時間に、行原は恋人――多香子の部屋を出た。

一晩中泣き続けた多香子の涙が涸《か》れて、ようやく眠ったのを見届けて。

玄関扉の鍵《かぎ》を閉めて、預かっていた合鍵は郵便受けの中に落とした。

カツンという金属音が、明け方の澄んだ空気のせいか世界中に聞こえてしまうのではないかと思うほど響いて、思わず恐れをなし走って階段を下りた。

三階から一階へとまっしぐらに駆け下りて、マンションを出たところで振り返り、そっと祈る。

どうか多香子の眠りを妨げていませんように。

しばらく多香子の部屋の玄関扉を見上げていた。

「これで終わりだ」

自分に言い聞かせて、行原は踵《きびす》を返して足を動かした。

なんてことはない、よくある恋人同士の別れだ。

次に進みたい彼女と、現状維持を望む自分。

結婚して子どもを産みたいという多香子の願いを拒否した。

まだ、その時期じゃないという行原。妊娠するならなるべく若い方がいいという彼女。

行原も彼女も二十八歳。

彼女の言うことのほうが正しかった。それはなんとなくわかっていた。

時期が早い、というわけではなかった。

彼女に問われて初めて気づいた。

行原は結婚して所帯を持つことも、子どもを持つことも望んでいなかった。怖かったのだ。家庭を、子どもを持つという重責が。

同じ未来が見えない。

それがハッキリした時点で、二人は別れるしかなかった。

曖昧《あいまい》な甘い言葉でずるずると引き延ばすような器用さは行原にはなかったし、賢い彼女は男の狡《ずる》さに騙《だま》されるようなことはなかった。

だから、お互いの求めているものが決定的に違うと認識した時点で、今の関係を続けることはできなかった。

独りの夜が続けば、別れてしまった彼女のことを想わずにはいられない。

柔らかい温《ぬく》もりを恋しく想わずにはいられない。

もし、彼女と結婚していたら。

もし、彼女が自分の子どもを産んでいたら。

もし、……なんて意味がない。

それでも思ってしまうのだ……。

もし……多香子を手放さなければ。

考えるだけ無駄。時間の無駄。

わかっている。

それでも、思ってしまうのだ。

止められないのだ。

もし……。

＊

「逃げよう。そのための手伝いならする。芸者をやめたっていいはずだ」

行原は目に力を込め、真剣に少女に訴える。

「とにかく、そんなに泣くほど嫌なら逃げるんだ。他に生きていく手段なんていくらでも見つかる。一生泣いて生きていくつもり？」

行原は彼女の赤くなった目をキッと見つめる。

「逃げたいというのなら、できる限り手伝う。キミに後悔して欲しくない」

彼女は多香子じゃない。

わかっている。しかし、どうしても他人とは思えない。

薄っぺらい正義感、なにも知らないから言える無責任な言葉なのかもしれない。

でも！

行原は膝に置いた手をグッと握る。

涙に濡れた少女の瞳《ひとみ》が行原の熱を受けて一瞬だけ期待に輝くが、すぐに目を逸《そ》らし俯《うつむ》いてしまった。

懐紙《かいし》で涙をそっと抑えながら少女が言う。

「いえ……、いえいえ、そんなことはできません」

少女は細い肩を再び震わせる。泣いているというよりも、怖がっているようだ。

「私は籠《かご》の中の鳥。けっして町の外には出られません」

「そんな……」

なおも少女を説得しようとした行原の背中にゾワリと悪寒《おかん》が走る。

本能が迫りくる恐怖の気配を察した。

なにかよくないものが近づいてくる、と。

少女も同じことを感じたようだ。泣き顔を引き攣《つ》らせて、行原の背後に目を向け怯《おび》え出す。

「早く襖を閉めて押入《おしいれ》に。決して声を出さないで」

少女の言葉に行原は反射的に従い、素早く襖を閉めて押入を開ける。

二段に分かれた押入の中には行李《こうり》や新聞紙などが入っていたが、幸い上の段には行原が身を折って隠れられるぐらいのスペースがあった。

上段に上がって行原は押入の襖を閉める。とたんに真っ暗闇に包まれた。体が宙にでも浮いたような心細さが襲ってきたが、奥歯をギュッと嚙《か》みしめて耐える。

襖に耳をつけて、外の様子を探る。

確実にこちらに近づいてくる音がする。

だがそれは足音ではない。

足音ではなく、空気が軋《きし》む音……とでもいえばいいのか。正確には音ではなく、重低音が腹や胸に響くように、体に直接迫ってくる振動だ。

行原は強い風が吹いたような衝撃と、いきなり重力が増したような圧迫を同時に感じて、悲鳴を上げそうになるのを手で押さえてかろうじて耐えた。

押入の襖一枚隔《へだ》てた向こうに、得体の知れないなにかがいた。

半玉の少女は無事だろうかと、両手で口元を押さえたまま耳を澄ます。

——あの男がいた……どこにいった？

——もう少し……捕らえられたのに。

——口惜《くや》しい……。

行原が連想したのは、電波が悪い途切れ途切れのラジオから聞こえてくる怨霊《おんりょう》の声。もちろん怨霊の声など聞いたことはないが、もしあるとしたらこんな声ではないのかと思う。今にも死にそうな苦しみに喘《あえ》ぐような、押し殺したような、低く割れていて聞き取りにくい声。

一体、奴らはなんなのか？

行原は唇《くちびる》を噛みしめる。

年季を経て歪み、ほんの少し空いた襖の隙間にそっと目を寄せ、少女の姿を覗き見る。

床に伏《ふ》せる彼女の姿の端、その周りに黒く蠢《うごめ》くものが見えて心臓が跳ねる。

見覚えがある。

以前も少女がいた部屋に滲《にじ》み出るように現れた。芸者に膝枕を借りていたときも見た。見間違いや幻かと疑っていたが、そうではないのだ。

行原の鼓動がどんどん速くなっていく。

「し……知りません」

少女の声が、厚く塗った白粉《おしろい》でも隠せないほど青ざめているのがわかるほど震えていた。

――まことか？

――まことなのだろうな、貴乃《たかの》！

「本当です。お許し下さい……どうか」

衣擦《きぬず》れの音がした。

少女が得体の知れないなにかに対して土下座したのだろうと予想する。

細かく小さな衣擦れの音は、少女の震えを意味しているのだろう。

重たい沈黙が落ちる。

行原の体は増していく重力に圧迫され、少しでも気を緩《ゆる》めたら内臓を吐き出してしまいそうだ。

恐ろしい圧迫に耐えていると、やがて襖越しの空気が動いた。

――半人前の半玉がどうこうできるわけがない。

得体の知れないなにかが諦めたようだ。

――一の籠の鳥は出られないはずだ。

――町からは出られないはずだ。

――探せ！

ふっと、いきなり行原の体が軽くなった。全身にのしかかっていた重力が突然消えた。

それは得体の知れぬなにかが去って行った証拠だ。

行原は慎重に五センチほど押入を開ける。

目に入ったのは、未《いま》だ畳に額をつけている少女だった。

もう五センチ襖を開けて、部屋に彼女以外は何者もいないことを確認して、足音を立てないようにそっと押入から出る。

「ありがとう、匿《かくま》ってくれて。それで、その、今のは一体？」

少女は黙ったまま答えない。

行原の不安を見透かしたように、少女は顔を上げて安心させるように微笑む。

「わたくしと一緒に裏口から出れば大丈夫ですよ」

行原は慌てて両手を胸の前で振る。

行原を匿うだけでなく逃亡の手引きまでしたことがバレたら、いくらなんでも危険ではないか。

「そんなことしたらキミが危ない立場になる」

少女は弱々しく微笑む。

「大丈夫です」

自信たっぷりに言って、それから悲しげに目を伏せた。

「わたくしはもうすぐ、あちら側になるのですから。たとえ知られたとしても……」

「あちら側って……あの中に取り込まれるってこと」

「一部になるのでしょう。いつかきっと」

「あれはなんだ？」

「……心の底に溜《た》まった、負の感情です。憎しみ、怒り、嫉妬《しっと》、後悔、悲しみ。浄化しきれない負の感情です。私の心にも巣くっています。ですから、やがては飲みこまれるのでしょう」

まだ幼さの残る彼女の顔に、諦めのいい大人のような笑みが浮かぶ。

「裏口まで案内します。早々にお帰りください」

貴乃と呼ばれた少女が立ち上がる。

名前まで多香子に似ている。ますます行原には彼女が他人に思えなくなった。

薄暗く、人の気配がない廊下を先導して歩く少女の後ろ姿を見つめながら、行原は決意する。

「さ、こちらです」

少女は幅も高さもない小さな戸に手をかけて、慎重に左に滑《すべ》らせる。

首だけを外に出して、左右を見回す。

「大丈夫なようです」

先に少女が外に出て、行原も腰を屈《かが》めて戸を抜けた。

そこは道ではなく建物の隙間で、足下もよく見えないような薄暗闇だった。ぼんやりと見える少女の金色の帯を目印に進む。

しばらくすると、視界が開けた。

そこはいつも見る花街の夕暮れ。頭上には見張りのような赤い月。

まだこの時間なので人通りは少ないが、それでも人がいることに安堵《あんど》する。

「ここまでくれば、もう平気でしょう。それでは」

小さく頭を下げ、来た小径《こみち》を戻ろうとする少女の腕を、行原はとっさに掴んだ。

「一緒に逃げよう」

少女の目が大きく見開かれる。

「好きになれない旦那に水揚げされたり、いつかはあの得体の知れない化け物に飲み込まれたりなんて。そんなの酷《ひど》すぎる」

戸惑いを見せる少女にたたみかける。

「それに二人ならきっと大丈夫だ」

確信はないが、微《かす》かな希望が見えた。

得体の知れぬ奴らは自分を「一の籠の鳥」と言った。

では「二」ならどうだ。一ではだめでも、二なら。

二人なら、車力門通りの朱色の柱を突破して新宿通りに出られるのではないか。

息を飲んだまま固まっている少女に、行原は思いの丈をぶつける。

「好きになれない旦那に身を任せて一生生きていきたいの？　訳のわからぬ化け物に怯えながら生きていたいの？　後悔はしないか？」

少女は怯えた目をして石のように沈黙する。

それは残酷な問いだと思う。いつでも無限に選択肢があるわけではない。

「俺にできることを言ってくれ。なんでもする」

「なぜ、わたくしのようなものに、そこまで親身に……？」

行原は言葉に詰まる。

本当のことを言っていいのか悪いのか。

だけど、彼女をこの町から引き離すには、真摯《しんし》に本当のことを言ったほうがいいと判断する。

「キミは俺の知り合いに似ているんだ。とても他人事《ひとごと》とは思えない。それに今、俺は助けてもらったじゃないか」

行原は少女を説得しようと必死に言葉を続ける。

「とにかく、キミに後悔するようなことはして欲しくないんだ。会ったばかりの俺を信用できないかもしれない。でも、キミは俺を助けてくれた。俺もキミを助けたい」

好きになれない旦那や得体の知れぬなにかから。

「逆に聞くけど、なんで俺を匿ってくれたんだ？」

少女はしばし沈黙していたがやがて口を開いた。

「あなたも犠牲者のようだったから。放っておけなかった」

「それは……」

驚きと不安に揺《ゆ》れる瞳で、少女は行原を見つめ返す。

それは彼女も犠牲者ということだ。

「逃げよう。一緒に」

そう覚悟して少女の目を見る。

「この町を出よう」

外の世界がどうなっているのかわからない。

芸者を辞めて彼女がどう生きていけばいいのかも。

だが、少なくとも意志を持ってうねる不気味で禍々《まがまが》しい化け物などいない世界に連れていきたい。そのためにできるかぎりの手助けをしたい。

少女はしばし戸惑いを見せていたが、やがて小さくうなずいた。

彼女の同意に勇気を得た行原は、小さな手をとって車力門通りを歩き始める。

新宿通りまで全力疾走《しっそう》したい気持ちだったが、怪しまれても困るし、着物を着ている少女に合わせてゆっくりと歩みを進める。

ちらりと横を見れば、緊張して青ざめている少女。歩く姿もどこかぎこちなく、慣れない下駄《げた》を履《は》いているかのように遅かった。

三秒ほど躊躇《ためら》ってから、行原は提案する。

「支えようか？　それとも腕につかまる？」

「いえ」

少女は健気《けなげ》に首を横に振る。

箱屋と半玉の二人連れに、すれ違う人がちらりと視線をよこすたびに心臓が跳ねる。でも、怪しまれている様子はない。

新宿通りの向こうには行原の知る現代の風景が広がっているのか、それとも荒木町が花街であった時代が続いているのか。鼓動が一歩ごとに早くなる。

「一」がだめでも「二」ならどうだ。

二人とも町から出られればよいが、できなければせめて少女だけでも。

ようやく車力門通りの街灯が見えてきた。あれさえ越えることができれば。

行原は少女と繫《つな》いだ手に力を込め、足を速めようとした。

その瞬間、ズドンと音がしたかと思うくらい空気が重くなった。

体中の毛穴から冷や汗が吹き出し、本能が逃げろと警告を鳴らす。

少女も同じことを感じ取ったようで、体を震わせ肩越しに背後を振り返る。

アレが追いかけてくる！

——なぜ、屋敷の外に？

——なぜ、貴乃といるのだ？

ラジオのノイズに似た怨霊のような声。

すぐ背後にアレの気配を感じる。

逃げなくては。

行原は少女の手をとって走り出す。

気配と不思議な粘着音がするがなにも見えない。だが、行原たちの後をついてくる。自分たちを追っているのは明白だ。

少女も危機を感じているのだろう。行原に引っ張られるまま荒木町を駆ける。

行原は背後に迫るアレから逃れるべく、車力門通りから細い小径に入った。だが、アレの目を眩《くら》ませることはできず、どんなに細い道に入っても追いかけてくる。

走りながら行原は違和感を覚える。

おかしい。

荒木町の横道は、ほぼ平行に走る車力門通り、柳新道通り、杉大門通りを結ぶか、もしくはどん詰まりの小径だ。

ここまで縦横無尽に小径が入り組んでいる町ではないはず。

それにいくら花街として早い時間だとしても、そろそろ開く店もある。なのに町の人も客も、さきほどから一人も見ない。

ぺたぺたぺたぺたぺたぺたぺたぺたぺたぺたぺたぺた……。

──友だち……盗ん……欲しかっ…………

──覚えて……お前……後悔……苦し……

足音にも似た妙な音に、掠《かす》れた声が混じっている。なにを言っているか聞き取れないうめき声のような呟き。

ぺたぺたぺたぺたぺたぺたぺたぺたぺたぺたぺたぺたぺたぺたぺたぺたぺたぺたぺたぺたぺたぺたぺた……。

だんだんと距離が縮まっているようだ。

追いつかれたらどうなるのだろう。

行原は首を捻《ひね》って後ろに伸びる道に目を凝らす。道には誰もいない。何も見えない。

だが、来る。

確実に近づいてくる。

ぞわりと毛が総立つ。

「あっ」

少女がなにかに躓《つまず》いた。そして、手が離れてしまう。

「多香子！」
咄嗟《とっさ》にかつての恋人の名を呼び、手を伸ばす。
だが、その手は少女と繋がらない。
津波のように押し寄せてくるなにかに阻まれた。
彼女を助けなければ。
「こっちだ！　俺はここにいる！」
叫んだ瞬間、恐ろしいほどの音が迫ってきた。
――あいつ……せいで………
――間違った……もう……苦しい……が………
――どうして……ばかり……あの………し………
ぺたぺたぺたぺたぺたぺたぺたぺたぺたぺたぺたぺたぺたぺ
たぺたぺたぺたぺたぺたぺたぺたぺたぺたぺたぺた……。
行原は反射的に駆け出す。
少女の姿はもう見えない。
行原は走りながら祈るように思う。
自分たちを追いかけてきたアレをすべて引きつけられただろうか。
自分が囮《おとり》となって、彼女が無事逃げられたのならいいのだが。

右の小径に逃げ込む。小径の小径。道はさらに細く暗くなる。

もうどこへ向かっているのかもわからない。

いつまでも大通りに抜けられない小径の中、少女の無事を祈りつつ行原は走る。

アレを振り切るために左へ右へ、瞬時に判断して道を折れる。

この道が正しかったのかはわからない。でも進むしかない。

戻ることはできない。

どこに続いているかわからない目の前にあるいくつかの道を、ひとつだけ選んで進むしかないのだ。


「おやおやおや。いろんなものに喧嘩を売ってきたようですね」

もう耳慣れた声に顔を上げれば、カウンターの向こうで狐火のマスターが楽しそうに薄笑いを浮かべていた。

またBａｒ狐火に戻ってきたのだ。

もう驚きもしない。むしろ、アレから逃れることができたのだと胸を撫で下ろす。

しかし、少女はどうなったのだろう。無事だといいのだが。

「そんなに汗をかいて。さぞかし喉《のど》が渇いているでしょう」

切れ長の目はそこはかとなく色っぽく妖しく、そして狡猾《こうかつ》そうな光を宿していた。グラスを操る利き手を確かめるまでもなく、彼が佑太ではないと察する。

「佐輔さん？」

マスターの唇が三日月のような薄い弧《こ》を描く。

「なぜ俺の名を知っている？　俺は教えていないよな」

正体を見破られたからか、口調が突然崩れる。

「佑太か。口の軽い奴だ。そして相変わらず甘ちゃんだ」

佐輔は双子の片割れへの悪口を言いながらグラスに水を注《つ》いで行原に差し出す。

有り難く受け取りながら、遠慮がちに佑太の援護を試みる。

「あなたも佑太さんの名前を教えたじゃないですか」

「ふん」

佐輔が鼻で笑う。

暗くて狭い店内。客は行原ひとり。カウンターの向こうには、スポットライトを浴びたようにハッキリ姿を浮かび上がらせる黒いベストを着た佐輔。

静かで、どこか張り詰めたような空気。

裁判所に似ている、とふいに思った。

行原は疲れた頭で、映画の中に出てきた小さな裁判所を思い出した。本物の裁判所はこんなに暗くないだろうが、映画では演出効果で裁判長、被告、弁護士、検事、台詞《せりふ》を言う人物だけにスポットライトが当たっていた。

もしかして、自分はこれから弾劾《だんがい》されるのか。

少女を救えなかったことを。

「惜しかったな」

佐輔がカウンターに身を乗り出し、片肘《かたひじ》をついてニヤニヤと笑う。

「あなたがいるってことは、俺は間違ったんですね」

選択を間違えれば赤い月は欠け、行原は閉じ込められる。

「発想は悪くなかった。でも、行動が幼稚だな。そんな行き当たりバッタリで、この町から逃れられると？」

佐輔はカウンターから体を離して、細長いグラスを手に取った。流れるような手つきでグラスに氷と三種類の液体を注ぐと、マドラーでクルクルと踊らせるようにかき混ぜた。ふわりとアルコールに混じった甘い香りが流れてくる。

マドラーを持つ手は左手。

佐輔はマドラーをグラスから引き抜くと、スプーン状になった先端にそっと唇をつける。目を閉じてしばし考え込み、味を確かめるように舌で唇を舐《な》めた。

「うん……、これはちょっと違うな」

惜しげもなくグラスを乱暴に逆さにし、作った酒を流しに捨てた。

排水口に流れていく酒が、まるで見捨てられた自分のようで、行原は思わず声を荒らげた。

「彼女はもう救えないんですか？　自分もここから出ることは不可能なのですか⁉」

「さあね。俺にもよくわからないな。なにしろここは、あの人の気まぐれな世界だから。それに」

佐輔は一度言葉を切って、ため息を漏《も》らす。

「時は移ろうもの。かつての賑《にぎ》わいも滝のように湧き出た清水《しみず》も信仰心も、今は昔。気まぐれな世界もいつまでもつことやら」

佐輔は寂しげな目をしてニヒルに笑ってみせる。

「まあ、足掻《あが》いてみることだ」

## 五　次の唄が始まったら、勝負開始だよ

頭上には三日月。

閉じられかけた扉。

それともタイムリミットを表しているのか。

見番の窓から空を見上げ、行原は焦《あせ》りを感じる。

「二階の掃除《そうじ》と洗濯もやっとけよ！」

先輩箱屋の三蔵に怒鳴られ、行原は自分の立場に改めて気づく。

そうだ、自分は箱屋だ。

箱屋として戻ってきたのだ。

自分は箱屋だ。ならば――。

そしてここは見番。

「貴乃、貴乃という半玉はどこのお座敷に？」

行原は我も忘れて三蔵に詰め寄る。

「あぁ？」

三蔵が気味悪げに行原を見る。

彼女の存在は消えてしまったのか。

戸惑いと不審で揺れる三蔵の目に不安を覚える。

彼女を助けることはできないのか。それどころか、彼女は得体の知れぬものに飲み込まれてしまったのか。

自分がうまくやらなかったから。

後悔が腹の底からせり上がってきて、膝が折れそうになった時、救いの声が見番に響く。

「花村《はなむら》のとこの半玉か？」

他の箱屋が三蔵の代わりに答える。

「水揚げが決まっている、目元に泣きぼくろのある半玉です」

行原が反射的に答える。

「それなら松代《まつよ》姐さんについて、亀乃屋《かめのや》の座敷にいるんじゃないか」

「亀乃屋ですかっ！」

もう荒木町の地図は頭の中に入っている。

「おい、原吉！」

呼び止める三蔵に向かって、玄関で草履を履きながら行原が叫ぶ。

「旦那様になる方から急ぎの伝言を承っていました。伝えたらすぐに戻りますので！」

芸者を、ひいては荒木町を金銭面で支える旦那の要望には極力応《こた》えなければならない。

花柳界の掟《おきて》の一つ。それをダシにした。

さすがに三蔵も怯《ひる》む。

その隙に行原は見番を飛び出した。

彼女の手を放してしまったのが間違いなのだ。

彼女を助けなければならなかったんだ。

彼女がまだ存在しているのなら、チャンスはきっとある。

行原は荒木町の入り組んだ狭い道を全力疾走する。

息が上がったまま乱暴に亀乃屋の扉を開けば、たまたま客を迎えるために玄関に立っていた女将と目が合った。

「おや、箱屋さん。なにか？」

女将が優雅な笑顔を浮かべながら、腹の底を探る目を向ける。箱屋がいきなり料亭にやって来るのは、すでにお座敷に上がっている芸者を引き抜くためだ。

金を積まれて、とにかくあの姐さんを呼んでくれという客の我儘《わがまま》に応えるため。客と店との攻防の代理人が箱屋。すべての恨みつらみは箱屋が請け負う。

だが、どちらを勝たせるかも箱屋の腕次第。店と芸者と客の力量を計り、強引に芸者を連れ出す場合もあれば、交渉したという形だけ作ってさらりと身を引くこともある。

箱屋になったばかりの行原に、そこまでの力量はない。だから女将が警戒するのも当然だ。

行原もそれはわかっているが、今は花柳界の理とは無関係に自身の都合で動いている。

息を切らしながら、躊躇いなく女将に尋《たず》ねた。

「あの、こちらに半玉の貴乃はいらっしゃいますか？　伝言を頼まれて」

予想外の言葉に女将が豆鉄砲を食らった鳩《はと》のような顔で答える。

「確かにうちに来てますけど。桔梗《ききよう》の間に」

「桔梗の間ですね」

行原は草履を脱ぎ、料亭に上がる。それを見て、女将が慌《あわ》てて止めようとする。

「座敷に入ることなんてしません。様子を見るだけです。旦那になる人から重要な伝言を頼まれ、一刻も早く伝えなければならないのです。ちゃんとタイミングを見計らって伝えますので」

旦那という言葉に女将も一瞬躊躇《ちゆうちよ》する。その間に、予定していた客が玄関に到着した。

女将はすぐに態勢を繕《つくろ》い、しなやかに頭を下げる。

「お待ちしておりました、佐伯《さえき》様」

その隙に、行原は逃げるようにこっそりと階段を上がり、二階の部屋に向かった。

桔梗の間と表札が掲げられた部屋を前に、行原は腰を降ろす。

そっと襖を一センチほど開けて中を覗《のぞ》き込むと、芸者に交じってお酌《しやく》をしている貴乃の姿が見えた。

よかった。彼女は無事だ。まだアレに飲み込まれていない。

廊下にへばりつくようにして行原はため息を漏《も》らす。そして、背筋を伸ばした。

箱屋が宴《うたげ》の席に入ることはできない。彼女の無事さえ確認できれば、今度はもっと慎重に脱出の計画を練るのだ。

そして、今度こそなにがあっても手を放さない。

どうにか彼女に計画を伝える術《すべ》はないかと思案していると、ガラリと襖が開いた。

「待っていたよ」

現れたのは白髪の老人。人のよい笑みを浮かべているが、どことなく禍々しい。

「さあ、さあ、入って」

箱屋が宴に呼ばれるなんてことはあり得ない。だが拒否を許さない雰囲気と、老人とは思えない力で腕を引っ張られて、倒れ込むように部屋の中に足を踏み入れた。

目の前に広がる宴会の様子に、行原は息を飲む。

デジャヴのように、奇妙な荒木町で最初に入ったお座敷が思い出された。

二十畳ほどの部屋で、十人の男性客が膳《ぜん》を前にしている。行原を引っ張り込んだ白髪の老人を含めて皆かなりの年配者で、お洒落《しゃれ》で高価そうなスーツやジャケットを身につけていた。

ひとりひとりの顔など覚えてはいないが、全体的にどこか見覚えのあるような顔だった。

座敷の奥には芦部元部長に似た老人が座っていて、行原の心臓が跳ねる。

あの時と決定的に違うのは、半玉の貴乃がいることと、部屋の真ん中で金毘羅《こんぴら》船々の遊びが行われていることだった。

徳利《とっくり》を持って客の間に座っている貴乃が、不安げに行原を見つめている。

——金毘羅　船々　追い風に帆《ほ》かけて《て》　シュラシュシュシュ
——まわれば　四国は讃州《さんしゅう》　那珂《なか》の郡《ごおり》
三味線《しゃみせん》の音がどんどん速くなっていく。

小さな台を挟《はさ》んで、芸者と客が扇の箸置《はしお》きを取ったり、放したりしている。

「次は君たちが勝負するといい」

行原を強引に部屋に連れ込んだ白髪の老人は、好々爺《こうこうや》の笑みを浮かべて行原たちに勝負を促《うなが》す。だが、目は爛々《らんらん》と輝いていた。

「お……、俺たちが？」

なぜ、という言葉を口にする前に、老人が笑みを崩さずに告げた。

「一の籠に二羽の鳥はいらないね」

「え？」

「だって一の籠だからね」

老人は笑っているが、黄みがかった白目の中心にある瞳が恐ろしく黒く光っていた。

有無を言わせない視線に、行原は凍りつくしかなかった。

彼と目を合わせ続けるのが怖くて顔から胸元に視線を落とせば、高価そうな鼈甲《べっこう》飾りのループタイが目に入った。

行原は思い出す。

やはり彼は初めて松平に足を踏み入れた行原に酒を注いだ老人だ。

彼からの杯を受けたから、自分は荒木町という籠に閉じ込められたのではないか。てらりと艶《つや》っぽく光を反射する鼈甲を見つめながら、行原は冷たい汗を首元に感じた。

突然、拍手が沸《わ》き上がり、三味線が激しく鳴る。

「ああ、負けた！」

芸者と勝負をしていた男性客が負けたようで、悔しげに台を叩いている。勝った芸者は口元を袖《そで》で隠し肩を震わせ笑っている。

「さ、君たちの番だ」

有無を言わさずに、鼈甲の老人が空いた座布団の上を指す。

貴乃は別の老人に手を引かれて台の前に座らされた。

もしも彼がただの老人なら、本気で抵抗して腕を取る手を引き剝《は》がし、少女を抱えて逃げることができただろう。

だけどここでは無理だ。本能で感じとる。

「なぜ逃げようとするんだね。ここに来た以上、君たちは我々の仲間だ」

他の客も行原たちへとにじり寄ってくる。

「だが我々も少々退屈していてね。だから、勝ったひとりは逃がしてあげるよ。だって、一の籠に二羽の鳥は窮屈《きゅうくつ》だ。でも」

老人は意地悪い笑みを浮かべて続ける。

「残った方は永遠に捕らわれるよ」

背筋に恐怖が突き抜けた。

前に座る貴乃も青ざめて俯いている。

シャンシャンと三味線が鳴る。

——金毘羅　船々　追い風に帆かけて　シュラシュシュシュ
唄と手拍子が加わる。

行原と少女の間、審判席についた髑甲の老人が告げる。

「さあ、さあ、勝負しよう。ルールはわかるね?」

少女が力なくうなずく。

恐怖よりも諦めに近い表情が、別れた朝の多香子を思い出させて、懐《なつ》かしさと共に少女に対して不思議な愛情が湧き上がった。

ふと、頭をよぎる。

もしかしたら彼女は、あったかもしれないもう一つの未来。

自分が手放してしまった、もう一つの選択の結果かもしれない。

「さあさあ、始めて、始めて」

行原を囲む客たちが囃《はや》し立てる。

ふと、行原は見番から見た三日月を思い出した。
自分は間違いを犯したのだ。だから佐輔に会い、月は細くなっていた。
なにが間違いだったのか。
目の前で小さく震える貴乃を見つめる。
彼女を強引に連れて逃げ出そうとしたことが間違いだったのか。
そもそも逃げ出そうとしたことが間違いだったのか。
逃げるのではなく、正面から立ち向かうのは？
「立ち向かう……」
行原は小さく口にして、そして悟《さと》った。
ますます青ざめる貴乃とは反対に、行原の口元には笑みが浮かぶ。
恐怖心はどこかへ行ってしまった。
行原は力強く手を叩き始めた。
それを見て、少女はさらに恐怖の色を濃くする。
「さあ、あなたも調子を取って」
老人に促され、少女のか細い腕が上がり、手を叩き始めた。
「次の唄が始まったら、勝負開始だよ」
老人も手を叩きながら上機嫌に宣言した。

――まわれば　四国は讃州　那珂の郡
――象頭山　金毘羅大権現
――一度　まわれば
唄が一巡して三味線と太鼓の間奏が続く。

行原と少女の間にある扇の箸置き。

間奏が終わって、新しく唄が始まる。

――金毘羅　船々　追い風に……

行原は先攻を取るように、力強く利き手の右手を扇の箸置きに載せた。

拳《こぶし》を握って。

拳を握って台に置くのは空の印。今回なら箸置きが相手に取られた時だけだ。

対面に座る彼女が固まったまま、驚愕《きょうがく》に目を剝《む》いて行原の拳を凝視《ぎょうし》している。

一瞬で決まった勝負に、部屋の時が止まったような沈黙が落ちる。

鼈甲の老人も、三味線を弾いていた芸者たちも、囃し立てていた客たちも、啞然呆然《あぜんぼうぜん》とみな一点、行原の拳だけを見つめていた。

そのまま一夜明けてしまいそうな長い沈黙を破ったのは行原だった。

「約束だ。彼女をこの町から解放してください」

逃げても無駄なら立ち向かう。幸いにも相手がその条件を提示したのだから。

一の籠の中に二羽の鳥はいらない。逃げることはできなくても、一羽が犠牲になれば、もう一羽は籠から出られるのだ。

行原が老人を睨《にら》みつけた。

髑髏の老人が長いため息をついた。冷たい息が箸置きの上に置いた行原の拳にまで届いて、ゾクッと腕が震えた。

「……なんて無粋《ぶすい》な」

老人が顔を台に向けたまま、目だけをぎょろり動かし行原を睨む。

ざわざわと周りの客も騒ぎ出す。

「興ざめだな」

「なんてつまらない余興だ」

「これだから今の若い者は」

「遊び方を知らん」

まずい、二羽の鳥が戦う姿を見て楽しみたかった彼らを怒らせたのか。

あまりに早く勝負をつけすぎた。約束は無効にされるのか。

不穏な雰囲気に、行原は今にも飛びかかってきそうな彼らから貴乃を守るべく立ち上がろうとした、その時。

「うわっ！」

いきなり空気が尖《とが》った。

行原の全身に鳥肌が立つ。

それは、突然だった。

逃げ出す間もなく突然やって来た雪崩《なだ》れのようだった。

入口の襖をはねのけ、天井を壊し、床を突き抜け、壁を破り、客も芸者も配膳も薙《な》ぎ倒して行原に迫ってきた。

四方八方逃げ場はない。

悲鳴を上げる間もなく行原は得体の知れないものに飲み込まれた。

得も言われぬ圧迫感。生暖かくヌメリとしたものがチクチクとした痛みとともに行原に迫り続ける。苦しくなって開けた口や鼻孔《びこう》や外耳道《がいじどう》にまで入り込んでくる。

自分はやはりこの不可解な町に捕らわれて死を遂げるのか。

だけど彼女は、彼女だけは……。

貴乃はどうなったのか、ちゃんとこの町から出ることができたのか。

それだけを思いながら、行原は意識を手放した。


——使えない新人ばかりだよ。まったく人事部のやつらめ。

――既婚者だったの。別れなくちゃいけないとわかってる。でも別れられなくて。

――今回もまた試験に落ちたよ。

――あの客、二度と来て欲しくないわ。

――離婚したいんだけどさ、相手がなかなか。

――あの子は枕営業してるんだって。

――頑張っても頑張っても結果が出ないんだ。向いてないのかも。

意識は取り戻せたが、事態は変わっていなかった。むしろ悪化していた。

さっきまで生暖かくて棘《とげ》のあるスライムに包まれていたのだとしたら、今は声の洪水に巻き込まれていた。

声にも形があるのか、肌に直接、あるいは服の上から物理的な攻撃をしてくる。

悪口や非難などの声は針で突かれたように鋭い痛みを、ため息混じりの愚痴《ぐち》や弱音は拳を打ち込まれるような鈍い痛みを与えてくる。男の声は痛みが大きく広がり、女の声は痛みが奥深くまで入ってくる。

ざらざらとした砂利《じゃり》の川を流されているような痛みと不快さに堪《たま》らなくなる。いっそ、砂利に飲み込まれ溺《おぼ》れて死んでしまいたい。

苦しい、痛い、苦しい、痛い。

苦痛に耐えていると、ふいに柔らかい声が聞こえてきた。

――金毘羅　船々　追い風に帆かけて　シュラシュシュシュ
――まわれば　四国は讃州　那珂の郡

潮の香りがした。

行原を攻撃する声に混じって波の音が聞こえてきた。

暗闇から一艘《そう》の屋形船が近づいてくる。

屋根に吊《つ》るされた赤い提灯《ちょうちん》が、橙色《だいだいいろ》の光で周囲を灯《とも》す。

屋形船の窓が開いた。

同時に漏れ出す光とざわめき。陽気な宴会の騒音が闇に広がる。

「象頭山　金毘羅大権現」

「一度　まわれば」

三味線と唄、拍手、笑い声、野次。

開いた窓から、ひょいっと男が顔を覗かせた。逆光で顔が見えない。

「ほらほら、つかまれ」

男が身を乗り出して、行原に手を伸ばす。無我夢中でその手に縋《すが》り付いた。

強い力で引っ張り上げられれば、船の中では宴会が最高に盛り上がっている。いわゆるどんちゃん騒ぎだ。

呼吸を整えるのに必死な行原には座敷遊びに目を配る余裕なんてないが、盛り上がっているということだけは音と空気を通してわかる。

「大丈夫か？」

荒い息を続ける行原に、引き上げてくれた男が水の入ったコップと手ぬぐいを差し出してくれた。

「ありがとうございます」

素直に受け取って男の顔を見れば、あっと声を上げそうになる。

目の前にいるのは杉田だった。

「おまえ、なんでここに？」

「おう、行原も無事で何より。見つけられてよかったよ」

なんだか口調が違う。まじまじと杉田を見れば、なぜか彼は以前会った時のスーツ姿ではなく羽織姿だった。

「おまえ……なんで」

行原が質問を言い終わる前に、座敷から声が飛ぶ。

「おー、どうした！」

それは杉田に向けられた声で、彼はすぐさま反応する。

「へい、旦那。魚が跳ねまして、釣《つ》ってみたところ大きな金魚で」

杉田が行原を引っ張って座敷に連れ込む。

「大きな金魚？」

客たちが首を傾《かし》げる。

「金の玉を二つも持っている魚ですから」

拍手と笑い声が湧いた。

行原は自分がネタにされたことよりも、今の状況を理解するのに必死だ。

船の上のようだが、やはり出ることのできない荒木町の一部らしい。

それにしても杉田はなぜ着物姿なのだ。長着に羽織、手には扇子を持っている。まるで落語家のような出《い》で立ち。

「さてさて、ちょいと釣りをしている間に金毘羅船々の決着もついたようで」

杉田が背中を丸めコミカルな歩みで客の前に出て行く。慣れた仕草で裾《すそ》を払い正座し、軽く頭を下げた。

「わたくしども幇間《ほうかん》は『間を幇《たす》ける』という意味でして、芸者と旦那の間をとりもつのが仕事です。俗に言う太鼓持ちでございます」

行原は客の後ろ、座敷の隅《すみ》で呆然と杉田を見つめる。

杉田は幇間という職についたのか？　人前に出ていくのが好きな子どもではなかったかと記憶しているが。いや、ここは現実離れした世界だ。なんでもありだ。

「幇間は旦那の要求にはできませんと決して言いません。そんなことを言ったら、じゃあいいよ、もう二度と呼ばないよと言われてしまいますから。ですから幇間というのは間抜けじゃできません」

一呼吸置いて。

「利口じゃやりません」

大きな笑いが起きる。

杉田は滑《なめ》らかな喋《しゃべ》りで客の笑いを誘う。

一体、どうなっているのだ。

困惑している行原の前で、杉田は三味線と太鼓に合わせて踊り始める。

リズム感のいい曲に合わせて客は手拍子を叩き、中には歌い出す者もいた。

「かっぽれ」という唄だ。

なかなか振り付けが激しい踊りで、芸者が踊れば翻《ひるがえ》る着物の裾がなんとも色っぽく心を乱されるが、捻《ねじ》り鉢巻きに裾を上げて股引《ももひき》を晒《さら》した杉田が踊るとまったく雰囲気が変わる。

キレのいい、力強くもどことなく笑いを誘う踊りに、客たちはますます陽気になっていく。

行原は自分の服や髪を触り、まったく濡《ぬ》れていないことを確認する。

この船は川や海の上に浮かんでいるのではないのか。

ここは得体の知れぬ化け物の腹の中か。

閉じられた屋形船の窓ににじり寄る。客たちが杉田に注目している隙を見て、そっと窓を五センチほど開けた。

だが、なにも見えない。

窓の外は闇ばかり。

警戒していた攻撃的な声も、不気味な気配もなく、ただ沈黙した闇だけが広がっていた。いや、壁のように囲んでいるのかもしれない。

なんとなく予想はしていたので、それほど落胆はせずに行原は窓を閉める。

曲が終わり、杉田は息を整えつつ客の前で正座した。

「今夜はお呼びいただきありがとうございました。次はお待ちかねの美しい花々が登場いたします。おや旦那様方、なにもそんな露骨に喜ばなくても」

杉田が袖を嚙みイヤイヤと体をくねらせると、またもや笑いが起きる。

「最近は幇間の方がなり手が少なく、わたくしなんかもずっと後輩ができません。芸者よりも絶滅危惧種に近いんですから」

コホンと小さく咳払《せきばら》いする。

「可愛《かわい》がるならいまのうちですよ」

しなをつくりながら杉田が深く頭を下げると拍手喝采《かっさい》が起こる。

頭を上げた杉田と一瞬目があった。

ついて来い、杉田の目はそう言った。

行原はそっと立ち上がって、少し遅れてから杉田が消えていった船尾の扉を開いた。

扉を開いた瞬間、ゾワリと鳥肌が立つ。鼓膜《こまく》に迫るザワザワとした気配。

やはりここは化け物の腹の中なのだ。

「こっちだ、行原」

震える行原の手を杉田が握った。そのまま闇の中を引っ張っていく。

「どこへ向かっているんだ？」

不安を隠しきれずに杉田に尋ねる。

「いいからこっちに」

杉田は真っ暗な中を、迷わずに進んで行く。

「どうして、おまえが。この町から出られなかったのか？」

焦りを見せる行原に、杉田が余裕綽々《しやくしやく》で答える。

「言っただろう。俺の後悔を救ってくれた恩返しは必ずするよって。それが、今だ」

「え？」

「俺の後悔を消してくれて、ありがとな」

そう言いながら、行原をどんどん引っ張っていく。

「ここは飲み屋街。誰もがいい酒を飲んでいるわけじゃない。なかには愚痴や悪口、弱音を吐き出す者もいる。それを受け止めるのが芸者たちさ」

足は冷たく固い廊下を感じている。

「陽気な酒ばかりでないのはいいんだ。嫌なことを酒で流したい夜もあるだろう。だけど限度がある。受け止めきれない客や芸者の想いが街に溜まっていく。それを解消しなければ街は膿《う》んでいく」

「その膿がアレの正体か？」

「澱《おり》と呼ばれている」

貴乃が言っていたことと同じだと思った時、ぐらりと廊下が揺れた。

足下が傾き、行原と杉田はトトトとよろけて壁に手をつく。

「ま、まだ船の上なのか？」

周りは暗闇で潮の香りもしないが、大波に揺られた船の甲板に立っている感覚だ。

「そうさ、船さ。いつだって船の形をしている」

杉田が揺れに戸惑う行原の腕を取って支えてやる。

「人生は航海だもの」

「人生は航海……」

——いや、人生は後悔だよ。

行原の耳元で冷たい声がした。

## 六　あんたの好きな金平ゴボウを作ったんだよ

なぜかいつまでも残っている逢状があった。

先輩箱屋が顎《あご》で行原に指図する。

「それ持っていけ」

掃除を命令されていた行原はいったん雑巾掛《ぞうきんが》けを終わらせて、逢状を懐《ふところ》にしまい、草履を履いて置屋へと駆けていく。

逢状を持って行ったり、芸者の荷物を持ったり、女将の用事を引き受けたりすれば、ちょっとしたチップが貰える。

だから今日のように仕事に余裕がある時は、チップが貰えるような美味《おい》しい仕事は全部先輩のもので、行原には先輩たちの雑用や見番の掃除などが回ってくる。

そのことに不満はない。

実際、行原ができる箱屋の仕事は限られている。

芸者の着付も箱屋の仕事だが、行原がそんなことできるはずもなく、なんとか一夜一夜を過ごしている。

一夜、が何回繰り返しているのかわからない。

いつまで繰り返されるのか。

悶々と考えていると置屋に着いた。行原は玄関先に立ち声を上げる。

「見番です！　葵《あおい》姐さん、時鳥屋《ほととぎすや》でお座敷でございます！」

置屋はシンと静まりかえったまま。

もう一度、行原はさらに大きな声を張り上げた。

「見番です！　葵姐さん、時鳥屋でお座敷でございます！」

すぐに顔を出してくれる芸者もいれば、もったいぶってなかなか顔を出さない芸者もいる。もう一度声をかけても無視されたなら、置屋に入り女将か誰かに呼んでもらうしかないなと思いながら三度目の呼びかけをすると、気怠《けだる》げに二階の窓が開いた。

窓から顔を出した芸者、葵が面倒臭そうに言う。

「時鳥屋？　あそこはケチな客が多くて嫌なのよねぇ」

キセルをふかしながら葵がため息をつく。

「お願いです、お姐さん。七時にお迎えに上がりますので」

行原は頭を下げる。とにかく下手に出て、相手を持ち上げて、なにがなんでもお座敷に出てもらう、それが箱屋の仕事だ。

「あんた、初めて見る顔ね」

葵がふうっと長い紫煙を吐く。

「新箱、原吉と申します。どうぞよしなに」

「あんたみたいな若い子がねぇ。一体、なにしてここに流れ着いたのさ」

葵が二階の窓から身を乗り出してくる。まだ着替え途中の乱れた着物から覗《のぞ》く鎖骨や襟《えり》足《あし》がなんとも色っぽい。

「あの、それは色々あって……気がついたらここに」

とっさにうまく物語を創作することもできず、曖昧に伝える。

行原だって、なんでこんなことになったのかまったくわからない。

葵はフンと軽蔑《けいべつ》するように鼻で笑って言う。

「まあいいわ。箱屋になる男なんて、どうせ言えない過去を持っているんだろうから。それより店と見番に報告したらすぐに戻ってきなさい」

反論は許さないとばかりにぴしゃんと窓が閉まった。

行原は言われたとおり、店と見番に葵が座敷に出られることを報告した後、すぐに置屋に戻る。

置屋の女将に案内されて仕度部屋に通されると、そこで仕度を終えた葵にいきなり湯飲みを投げつけられた。

「遅い！」

「うわぁ、熱っち！」

緑茶が行原の頭から落ちていく。

慌てて羽織を脱ぎ、それで髪や顔を拭う。

「若いから足が速いかと思ったのに、ほんと役立たずな」

理不尽極まりない。

前髪から滴る熱い茶を袖で拭きながら、箱丁《はこちょう》という言葉がじんわりと心に染みてくる。

とにかくすべての泥は箱屋がかぶれ、という三蔵の言葉。

行原は諦めの気持ちで、濡れた姿のまま三味線の入った箱を持って葵の後に続く。

箱屋の箱は、楽器の入った箱を持ち運ぶことからきているという。

夜を迎えつつある荒木町は陽気で、すでに酔った人々が楽しげに道を歩き、店から笑い声や唄が漏れ出している。

夜を追い出すように明かりが灯る道を、行原は箱を持って、葵の三歩後を歩きながら時鳥屋に向かう。

「あんた新人だから、あたしの逢状押しつけられたんでしょ」

ふいに葵から声をかけられた。

意味がわからず戸惑っていると、先を歩いていた葵が立ち止まって振り返った。

「あたし嫌われているから、逢状だって最後まで残っていたんでしょ」

「え、そんなことないです」

とっさに否定したが、逢状が一つだけ残っていた理由がわかった。そして、掃除をしていた行原がいきなり渡してこいと言われた理由も。

難しい客の相手ほどベテランが……なんてセオリーは少なくともここの箱屋たちにはないらしい。

西の空にまだ少しだけ太陽が残っていて、空が不気味に赤黒い。後ろに伸びた葵の長い影が行原の足をすっぽりと飲み込んでいる。

空を見上げ、行原はアッと声を上げそうになった。

月が満ちていた。

不気味に赤いのは変わらないが、初めて見る満月の姿。

心臓が期待にドクンと大きく跳ねた。

月が欠けて閉じ込められるのなら、満ちた今はどこかに出口があるのではないか。

今なら朱色の街灯を抜けられるのではないか。

今すぐ抱いている箱を放り出し、駆けだしてしまおうか。

ズクズクと足の筋肉が震えるように疼《うず》きだす。

「ちょっと、なにしてんの！」

逃げ出すなんて許さないとばかりに、葵が目を吊り上げて行原を睨みつける。

「あ、はい」

慌てて離れてしまった葵との距離を縮めた。

でも、なぜ満月？

その前に見た月は三日月。正しい選択をしたとしても、いきなり満月にはなるまい。

それに、佑太に会っていない。狐火のジャッジを受けていないのだ。

それは、どういうことだ？

下手に軽率なことをしないほうがいい。

そう言い聞かせて葵の後ろをついていく。

「あそこの客は、酒の飲み方が汚い下品な輩《やから》が多いから嫌なのよね。女将もいけ好かない女だし」

葵は置屋を出てからずっと文句や愚痴、嫌味を独り言のように呟いている。行原に言っているのか、本当に独り言なのかわからない。どう返答してよいのかわからないので黙ったままいるのだが、それに対してはなにも言わないので、独り言なのだろう。

「鈴江《すずえ》は今夜も分単位でお座敷がかかってんでしょ。でもあの女、絶対枕やっているんだわ。売春婦が一流の芸者気取りなんて。唄だって踊りだって下手くそなのに」

「あっ、あの」

さすがに声が漏れた。

眠りから覚めたばかりの荒木町はまだ人の通りも少ないが、往来でこんなにあけっぴろげに客の悪口や仕事への愚痴を話していいのだろうか。誰かに聞かれたらどうするんだと、行原の方がヒヤヒヤしてしまう。

口だけでなく態度も悪い。

すれ違う半玉が丁寧に頭を下げるも無視。

さすがになにか言ったほうがいいか。いや、自分は新箱。この町の理は葵の方が熟知している。さっき行原に熱い茶を投げたぐらいだ。先輩は後輩にどんなことをしても許されるのかもしれない。

でも、後輩ならまだしも客や店の人間に聞かれたら。

一言いうべきか。だが箱屋の立場からすれば、芸者に意見など……と悩んでいる間も葵の口は止まらない。事情を知らぬ行原でさえ、聞いているだけで気力を奪われていくような悪口、愚痴が次から次へと出てくる。

さすがに耳元で、誰かに聞かれたらやっかいですよと声をかけるぐらいは、と決心して俯いていた顔を上げた。そして、行原は自分がいつの間にか薄暗い小径を歩いているのに気づく。

狭い小径の両脇には何十年も前に廃業したような、崩れかけの建物ばかり。

足下を見れば、赤黒い葵の影からプクプクっと小さな気泡が浮いてきた。やがて気泡は固まって泡になり、ボコッボコッと弾《はじ》ける。

草履を履いた足がだんだん重くなっていく。

なんだか影が粘着力を持っているようだ。

最初は豆粒ほどだった泡は少しずつ大きくなっていき、弾ける音と共に人の声が溢《あふ》れる。

ブツクサと何を言っているのか聞き取れない小さな声だが、言葉通り地を這《は》う声は恨《うら》み事を呟いているとしか思えない。耳の奥で纏《まと》わり付くような不気味さがあった。

これが澱の生まれる瞬間？

葵の心から生み出された澱なのか。それとも町中の澱が葵に集まってきたのか。

また泡が大きくなった。野球ボールぐらいの泡が盛り上がって弾けた赤黒い膜《まく》がそのまま上に伸びて行原の足に絡みついた。

「ひっ……」

顔が引き攣って、短い悲鳴を上げる。

前を行く葵がゆっくりと振り返る。

「知っていたかい、新箱さん。澱の中に長くいると、泥になるんだよ。泥沼ってあるだろ。もう二度とお天道《てんと》様《さま》を拝めない、冷たく暗い泥の中で永遠に苦しみ続けるのさ」

暗いのに、なぜか葵の白粉を塗った顔と、彼女の赤黒い影だけは蛍光塗料でも塗ったかのようにハッキリと浮かんで見える。

もしかして、これは澱の罠《わな》だろうか。いつの間にか取り込まれたのだろうか。いや、もとから取り込まれて箱屋をやる羽目になったのだが。

葵の無表情な顔は宙に浮かぶ能面のように恐ろしく、行原は本能的に逃げようとする。が、影に足を取られていたので、派手に後ろに倒れてしまう。同時に持っていた箱も地面に落としてしまった。

大きな音を立てて壊れる箱と、飛び出す三味線。

「ああ！」

行原は手を伸ばすも間に合わず、三味線は地面を叩き棹《さお》が折れる。

「あんた、あたしの三味線を傷つけたね」

宙に浮かぶ葵の白い顔が行原に迫ってくる。

「よくも、よくもあたしの三味線を。芸者の魂を」

全身が凍って、悲鳴さえ上げられない。

満月だなどと油断していた。

自分はきっととんでもない失態を犯してしまった。選択を誤ったのだ。

それがいつ、どの時点かはわからない。とにかく、分岐点で間違った選択をしたのだ。

足を捕らえていた赤黒い影が蛇のように、倒れた行原の足から頭を目指してにょろにょろと体を這っていく。

このまま取り込まれて、泥沼の底から二度と出ることはできないのか。

冷たい汗が全身を覆《おお》う。

目の前には白く浮かぶ葵の顔。

誘うように色っぽい、そして邪《よこしま》な笑顔を浮かべていた。その笑みは地獄に誘う淫魔《サキュバス》そのものだった。

だめだ。引きずり込まれる。

絶望に目を閉じようとした行原に、突然光が差す。

「新箱虐《いじ》めはそのぐらいにしておきな」

耳に流れ込んできた柔らかな女性の声と共に、廃墟《はいきょ》だと思っていた店の扉が開き、そこから漏れた明かりが行原と葵を照らす。

葵が振り返り、行原も光のほうへと目を向ける。

扉から現れたのは若葉色の着物に割烹着《かっぽうぎ》を着けた、葵よりも少し年上のまだ若い女性だった。

小径に明かりと一緒にごま油の香ばしいにおいが流れてくる。ふと、懐かしさを感じるにおいだった。

「ほら、あんたの好きな金平ゴボウを作ったんだよ。味見していきな」

若女将は店に引っ込み、すぐに小鉢《こばち》を手に戻ってきた。ごま油のにおいがより強くなる。

影はいつの間にかただの影になり、行原の耳を襲っていた呪詛《じゅそ》のような呟きも消えていた。

柔らかな笑顔を浮かべて女将が葵に小鉢と箸を差し出す。

未だに立ち上がれずにいる行原は、地面に腰をついたまま成り行きを見守る。

葵は金縛《かなしば》りにあったかのように動かず、女将が持つ小鉢をただ睨んでいた。ゆっくりと黒い袖が動き葵の白い手が見えた瞬間、小鉢が強い力で払われた。小鉢は地面に落下して割れ、行原のやや前方に破片と金平をまき散らす。

細長く切られたゴボウ、ニンジン、コンニャク、ジャガイモ、それから豚肉とレンコン。ゴボウとニンジンだけじゃない、具だくさんの金平ゴボウは、たくさんの栄養を摂ってもらおうと考えられた家庭料理だった。

「こんなものっ、全然好きじゃない」

葵がぽっくりで散らばった金平を踏みつける。

「こんなものっ！」

踏みつけられつぶれた野菜からは、哀しげに土の甘い香りがした。

「父ちゃんが死んだからって、あたしを花街に売った母親の料理なんか！」

ぽっくりが汚れるのも構わず膝を上げ、裾を波打たせて金平の上に足底を打ち付ける。

ほとんどの金平が原形を失ってしまうと、葵は肩を落として、自分が踏みつけた金平にポトリと涙を落とした。

「……おかあちゃん」

ぽつりと口にし、うずくまって体を震わせる。

「おかあちゃん、おかあちゃん、おかあちゃんっ……」

そこには傲岸《ごうがん》で高飛車な芸者も妖艶《ようえん》な淫魔もなく、ただ母を求めて泣いている子どもがいた。


コツンと額に小さな痛みを感じた。

「なに呆《ほう》けてるの」

ハッと行原が顔を上げると、そこは大通りに面した料亭の玄関だった。すでに玄関を上がっていた葵が顎で店の女中を指す。

女中が両手を差し出している。つまり、楽器の入った箱を渡せと言うことだ。自分が足を踏み入れるのはここまでだ。行原から箱を受け取った女中はなにも言わずに店の奥へ引っ込んでいく。

落として箱ごと中の三味線まで壊したと思っていたものが、無事だったことに心底安堵する。

あれは、夢のまた夢だったのか。それとも、澱が見せた幻か。

「それ」

今度は行原の足下を顎で指す。

行原は自分の足下に煙草《タバコ》の箱が落ちているのに気づいて拾う。行原の知らない「暁《あかつき》」という煙草。山脈に明けていく空が広がっているパッケージ。

これが自分の額に当たった物だ。とすれば、投げつけたのは葵だろう。

「い、いただいていいので？」

「あら？ いらないなら返してもらってもいいのよ。それとも一箱じゃ不満なの？」

葵の目が険しくなる。

母を呼んであんなに泣いたのに、化粧はちっとも崩れていない。三味線も壊れていないし、やはり金平の出来事は夢か幻だったのだ。

行原はこれがチップなのだと理解し、葵のご機嫌を伺うように謙《へりくだ》る。

「いえ、俺、あ、いやわたしはまだほんの新箱で、その、まだよく勝手が分からず、なのに煙草一箱なんて……申し訳ないって言うか。というか一箱なんていただくのは初めてで」

背中を丸めて心底申し訳なさそうに頭を下げる。

クスッと葵が笑った。

「あんた面白い子ね」

行原は胸を撫で下ろす。だてにサラリーマンを八年してきたわけじゃない。

葵は手でそっと襟足を整えながら言う。

「芸者なんかいやだ。客に愛想振りまいて、無理矢理笑顔を作って……。そんな人生から、さっさと離れたいわ」

「そ、そんなっ」

行原は顔を上げて、慌てて周りを見回す。

幸いにも、広い玄関には誰もいない。小さな声だったから、たぶん行原以外には聞こえなかっただろう。

行原の慌てっぷりに、葵は声を上げて笑う。それからそっと顔を寄せて、内緒話のように行原に告げた。

「誰にも言わないでね。ここだけの話よ」

「も、もちろんです」

直立不動の姿勢で行原が誓《ちか》う。

葵は大仰にうなずくと、スッと裾を翻《ひるがえ》して行原に横顔を向ける。

「覚えておきなさい。芸者はけっして本心なんか語らない」

「え？」

「なにをやらかして荒木町《ここ》に辿《たど》り着いたんだか知らないけど、真面目《まじめ》に働いてさっさとお逃げなさい」

葵は哀れみを含んだ目を行原にくれて言うと、流れるような優雅な歩みで立ち去った。

行原は手の中の煙草に目を落とす。

山脈から今にも太陽が顔を出しそうなうっすらと明るい空が描かれているシンプルなパッケージ。

『暁』

くしくも自分の名前に似た煙草の箱を、行原はしばらく見つめていた。

「なんだぁ、シケた面しやがって」

背後から声をかけられ、同時に足を軽く蹴《け》られた。

振り向くと三蔵がニヤニヤと薄笑いを浮かべて立っていた。

「またなにかやらかしたか。ま、ちょっと時間があるなら蕎麦《そば》奢《おご》ってやんよ」

下っ端稼業《かぎょう》の下っ端である行原は、自分の失敗でなくとも理不尽に怒鳴られたり怒られたりする。三蔵たち先輩にも八つ当たりされたり、こき使われたりするが、逆にこうやって乱暴ながらも気にかけて慰《なぐさ》めてくれたりもするのだ。

この辺りの人情は時代なのか、箱屋だからなのかわからないが、悪いものではなかった。

返事を待たずに三蔵は自分よりも背の高い行原の首に腕を回して、彼行きつけの蕎麦屋に引きずり込む。

ところどころ擦《す》り切れほつれている暖簾《のれん》をくぐると、カウンター席だけの小さな店を主人が一人で切り盛りしていた。

荒木町を訪ねる客ではなく、荒木町で働く人々相手の店だ。

「ビールとざる蕎麦二つ」

三蔵が声をかけると、主人は知っているとばかりに瓶ビールとコップ二つをカウンターに置いた。愛想は悪いが、仕事は速い。

「で、なんだ。なにがあった。葵姐さんになにをされた」

どこかで見かけたのか、見番の誰かに聞いたのか、三蔵は行原が葵に逢状を持って行ったのを知っていて、後輩を心配するというよりは好奇心で誘ったようだ。

「いや……あの、芸者さんも色々大変だなって。前に、旦那をどうしても好きになれないと泣いていた半玉もいて」

自分の名に似た煙草を手に取って、思い出さずにはいられなかった。

「ああ？」

三蔵が怪訝《けげん》な顔をする。

「戦前の話じゃあるまいし、今時そんな半玉いるかよ。それとも、よっぽどの事情があるんかい?」

「戦前?」

戦前とは第二次世界大戦のことだろうか。それとも第一次世界大戦か。

そもそもこの町はいつの時代なのだ。

「確かに昔は娘を女郎屋に売るなんてあったし、そもそも芸者は借金から始まるから、それを盾に無理に旦那に水揚げさせるなんてあったけどなぁ」

「今じゃ、ほとんどないんじゃないですか」

蕎麦屋の主人も少々呆れたように会話に入ってきた。

鳩が豆鉄砲を食ったような顔をしている行原に三蔵が噴き出す。

「お前、本当になんにも知らないで花街にやってきたんだな」

「あ、はい、すみません」

花街のことは確かになにも知らない。荒木町がかつて花街だったことさえ知らなかったのだ。

「そもそも旦那って、なんですか?」

三蔵はゴホンと咳《せき》をし、もったいぶってから答える。

「芸者と旦那の関係は、なかなか一言では言い表せねぇが、ま、パトロンかなぁ」

「パトロン」

「芸者の芸に惚《ほ》れた男が彼女が一流になれるよう金銭を惜しまず援助する。もちろんその見返りに男女の関係もある」

三蔵がハッと表情を強張《こわば》らせて行原を睨む。

「まさかお前、惚れた芸者がいるんじゃないだろうな？」

「え、ち、違いますよ」

とんでもない誤解に行原は目一杯首を横に振る。

「ならいいけどよ。箱丁が芸者に惚れるなんざ、禁忌《きんき》にもほどがあらぁ」

三蔵は疑いの目を解かずに続ける。

「旦那になるってのは、愛人を囲うように簡単な話じゃねぇぞ。生活費だけでなくお稽古《けいこ》代《だい》、着物代、化粧代、すべてを負担するんだ。芸者が置屋にした借金も返さなければならねえし。芸者が芸を極めることだけに集中できるようにするんだ。置屋の女将のお眼鏡にかない、芸者にも気に入られて初めて旦那になれるんだよ。家柄、職業、人格、教養、いろいろ吟味《ぎんみ》される。だから金さえ持ってればいいってわけじゃねぇんだ。と言っても、そもそもそれだけの金を持つ男なんて、てっぺんにいるほんの一握りだけどな」

カウンターにざる蕎麦が置かれると、三蔵はすぐさま割り箸を手にして話を打ち切った。

行原も蕎麦をすすりだす。

少し濃い目のつけ汁が、肉体労働をした体に染みていく。

三蔵は飲むように蕎麦を次から次へと口に放り込み、最後にビールを流し込んだ。

「って、まだ食ってんのかよ」

蕎麦が残っている行原のざるを見て舌打ちする。

「す、すみません」

いやいや三蔵が速すぎる、と心の中で反論しながら急いで蕎麦をすすり、盛大に咽《む》せた。

「おう、勘定」

三蔵が小銭を取り出してカウンターに置く。

「先行ってるぜ」

面白い話がないとわかったか、三蔵は行原に興味をなくしてさっさと店を出て行ってしまった。

三蔵がいなくなったことに少し安堵し、残りの蕎麦をゆっくり味わった。だが、美味しいのか不味《まず》いのかよくわからない。

なにもかもが麻痺《まひ》してしまっているのか。

味わうごとに不安が増してくる。

「ごちそうさまでした」

最後の一口を食べ終えて、行原は席を立つ。

扉を開けて暖簾をくぐると、看板や提灯、店の明かりで煌《きら》びやかな花柳界が広がる。

「明かりが多い……」

違和感が再びせりあがってくる。

ふらふらと大通りに出て、違和感の正体を探す。

「あ……」

一つの看板を見つけて立ち止まった。

『スナック　明菜《あきな》』

荒木町にスナック。こんなけばけばしいネオンの店なんて、今までなかった。だが、ほかにもバーやクラブなどの文字を見つけた。

見知った料亭もある。見知った料亭のほうが多いが、隙間を縫《ぬ》うように見たことのない店、毛色の違う店がぽつんぽつんと出現していた。侵入者のように。

行原は唖然と立ち尽くし、そして自分を責める。

どうして当然のように連続した夜だと思っていたのだろう。

繰り返す夜は、まるで夢の断片。

夢は場所も時間も飛び越えてしまう。

しかし、夢の中ではその矛盾に気づかない。

## 七　なんかもう、時代に乗り遅れたかって感じだなぁ

三百九十三万円。

その数字が気になって、行原は手にした松平からの請求書を見つめていた。

どこかで見た気がする。

でも、どこで……。

頭の中で数字がぐるぐると踊り出す。あまりに速すぎて、行原の頭もぐるんぐるんと回り出す。

目の前に広がる木目は廊下《ろうか》の板。行原はどこかの廊下に倒れていたらしい。その間に夢を見ていたのか。

ひんやりと冷たく固い床からゆっくりと体を剝《は》がす。

ジャラランと三味線《しゃみせん》の音がし、ギョッとして顔を上げ、四つん這《ば》いのまま耳を澄ます。

障子《しょうじ》に浮かぶ二つの人影。

「まったく、ケチな世の中になったわ」

人影が気怠《けだる》げに揺《ゆ》れる。抱いていた三味線から、またため息のような音が鳴る。

「時代かしらねぇ。今はてっとりばやく女遊びできるキャバクラとかばかり流行《はや》っている。女と芸を育てていこうなんて粋《いき》な旦那《だんな》はいなくなってしまったよ。若い娘をとっかえひっかえ、そんな浅い付き合いで満足しちまう男ばかり」

先の声よりは老いた声が同調する。

「時鳥屋も店を畳むそうよ」

「置屋《おきや》もずいぶん少なくなったし」

若い芸者とベテランの芸者が二人で愚痴《ぐち》を言い合っている。

行原は障子から漏《も》れる明かりだけがたよりの暗い廊下を見回す。

どこかの料亭か、置屋にいるようだが、どちらにしてもここを離れるのが賢明だろう。

自分のせいではないにしても、これじゃまるで盗み聞き。

音を立てないよう、床を擦《こす》るようにして部屋から離れて廊下を進む。幸いにも、ほかの人に出くわすこともなく玄関まで辿《たど》り着くことができた。

玄関扉を開けて外に出た瞬間、行原の体が硬直した。

肌を撫《な》でる風のざらつき、夜の闇に紛《まぎ》れ込む不快なにおい、吸い込む空気の苦さ。

「なんなんだ、これは……」

見慣れぬ店が数店あるのを除けば、街並みの変わらぬ荒木町だが、なにかが決定的に違う。

雰囲気、と一言では言えないなにかが。

並ぶ店はどれも客で賑《にぎ》わい、店や看板の明かりが夜を追い払うように煌めき、道には笑い声や唄《うた》が漏れている。

美しい芸者に、身なりのいい客が闊歩《かっぽ》する、東京でも有数の花柳界《かりゅうかい》荒木町。

なのに……行原には荒廃した町に見えた。

――あの女……絶対……枕営業して……のよ。

――いつ……追い落として……る。

――騙《だま》されているのにも気づ……めでたいこった。

耳に怨念《おんねん》のような声が這いずり込んできて、行原は身を竦《すく》めて辺りに目を凝《こ》らす。

近くに澱《おり》がいる。

暗い道に目を凝らせば水溜《みずた》まりのように、道のくぼみや店と店の隙間《すきま》、排水溝などにアメーバのように澱が蠢《うごめ》いていた。

目を剝《む》いて、喉《のど》の奥で悲鳴を上げたが、澱は行原に襲いかかってこようとはしなかった。

それどころか、もう行原など眼中にないといった余裕のようなものを感じる。揺らぐ表面があざ笑っているように思えた。

夜空にぽっかりと開いた傷口のような紅の満月。

月が満ちたのは行原の行いが正しかったからではなく、すでに自分が完全に澱に飲み込まれたからか。

その証拠に、狐火のマスターたちに会っていない。彼らのジャッジを受けてない。

それとも、荒木町自体が澱に飲み込まれたのか。

わからない。

なにもわからない。

とりあえず見番に帰ってみようと歩き始める。

「あれ?」

見慣れぬ店を見つけて行原の足が止まる。

向かう見番への道筋、幾つもの細道を迷わないように曲がり角の店をまず覚えるようにしていたから間違いない。

ここは煙草《タバコ》屋だったはずだ。

それが花屋になっている。

「いつの間に新しい店が?」

改めて周りを見回すと、どことなく町の雰囲気が寂れていた。壊れかけの壁は崩れ、アスファルトの歩道にはヒビが入り、突然十年ほど町が年老いたように見えた。

ふいに肌を不快に撫でる風の中に混じって、耳が聞き覚えのある声を捕えた。

行原の足が止まる。

小径《こみち》の奥で喧嘩《けんか》か。言い争う声が聞こえる。怒鳴り合いではない。殺気の混じった声を押し殺しながら、言い争っている。

行原は剣呑《けんのん》な雰囲気が漂ってくる小径に入っていく。

小径の先、どん詰まりの場所で二人の男が言い争っている。そのうちの一人は行原がよく知る人物だった。

「三蔵さん？」

声をかければ、三蔵があからさまに動揺した表情で振り返った。

「どうしました？」

相手はスーツを着ている。だが、荒木町に遊びに来た客には見えなかった。身なりは普通の服装だが、顔つきと雰囲気から堅気《かたぎ》でない気配が滲《にじ》み出ていた。

もし三蔵が絡まれているようなら助けるつもりで声をかけたが、逆に彼は一瞬バツが悪そうな顔をして道に唾《つば》を吐いた。

行原が現れたことにより、相手の男も顔を隠すようにコートの衿《えり》を立てて黙り込んだ。

行原には聞こえない声で二人は二言、三言言葉を交わすと、もう終わりとばかりに三蔵がこちらに歩いてきた。

「お話の邪魔《じやま》しちゃいましたか？」

行原が申し訳なさそうに言うと、三蔵はぶっきらぼうに吐き捨てる。

「なんでもねぇ」

だが少し目が泳いでいる。

「三蔵さん？」

三蔵は誤魔化すように懐《ふところ》から煙草を取り出し口に咥《くわ》え火をつける。

「お前、仕事は？」

「今、一段落したところです」

「じゃあ、蕎麦《そば》でも食いに行くか？」

三蔵が煙草を咥えたまま、行原に笑いかける。

「あ、いえ、見番に戻ろうとしていたので」

「ふーん」

つまらなそうに紫煙を吐いて、三蔵が足を速める。

あっ、と行原は声を上げそうになった。

三蔵の背中に澱が張り付いていた。

ポコポコと不気味な泡が浮いて弾《はじ》けている。

三歩先を行く三蔵が空を見上げて呟《つぶや》いた。

「なんかもう、時代に乗り遅れたかって感じだなぁ」

「え？」

澱の泡を弾けさせながら、三蔵は続ける。

「原吉、お前もうまくやれよ」

どういう意味で、と尋ねる言葉は口から出なかった。

行原が感じているものを、三蔵も感じているような気がした。

澱が張り付いた三蔵の背中から目が離せない。

澱に飲み込まれたらどうなるのか。

荒木町の澱。

一の籠《かご》の檻《おり》。

澱……、檻。

自分も澱の一部になって、永遠に醜《みにく》い姿で恨《うら》みつらみを吐き出しながらこの世の片隅《かたすみ》に留《とど》まる生物になるのか。

成仏できない怨霊《おんりょう》のように。


そして、三蔵の姿を見たのは、この夜が最後だった。

## 八　こんなつまらない町は池に沈めてしまいましょう

今宵《こよい》も赤い満月が行原を見下ろしている。

見番《けんばん》の二階、六畳ほどの和室に四人の箱屋《はこや》と寝起きする生活は、もう何日目、いや何十日目だろう。

三蔵の背中に澱を見た夜から、不穏さは増していく。

今夜も男たちは賭《か》け事に興じている。

「新箱は今日も苛《いじ》められたか」

一番長い箱屋のキャリアを持つ藤丸《ふじまる》が花札を叩《たた》きつけながら、からかうように声をかける。もう七十を超えて、頭も半分以上禿《は》げ上がっている。

「でも、随分《ずいぶん》慣れただろ」

箱屋のひとりが札を座布団に叩きつけながら言う。

三蔵が町を去った今、行原以外の彼らは全員賭け事に参加している。

行原だけが壁に背を預け、金の行き来をぼんやりと眺《なが》めている。

慣れ……。自分は慣れてしまったのか。

三蔵に蕎麦《そば》を奢《おご》ってもらったのはいつの日だったか。もう、それさえも記憶が曖昧《あいまい》だ。

今夜も勝負は長引きそうだ。誰かがひとり勝ちすると、なかなか終わらない。

行原は窓から見える赤い月を眺めて思う。欠けることも満ちることもしなくなった月。

もう日付の感覚がない。どのくらい箱屋の仕事をしているのかもわからない。

思い出そうとすると、澱のような黒い霧が頭の中に湧いてきて記憶が霞《かす》む。

なんだかもう会社員だった頃が懐《なつ》かしく、いやBar狐火の双子のマスターさえ懐かしく思える。

あの時、幇間《ほうかん》になった杉田に救われた時、自分は澱に飲み込まれて、荒木町の住人になってしまったのか。

ここは澱の中。

もう、戻れない一の籠《かご》の中の世界なのか。

「ま、俺たちの背中をよく見て、技を盗むんだな」

男たちがヤニに汚れた歯を見せながら言うと、行原の存在など忘れたように花札に集中してしまう。

ひとり輪に入れぬ行原は、あくびをしながら彼らのお開きを待つ。

眠気がやってきてうつらうつらとしていると、ふいに剣呑な声が耳に入ってきた。

「にしても、最近はどうも物騒だな」

誰かがぼそりと呟くと、花札を持っている男たちの手が一瞬止まる。

「時鳥屋がなくなるなんてな」

「紅葉《もみじ》家《や》もな」

「上乃雪《かみのゆき》も危ないらしいぞ」

「清水《しみず》も置屋《おきや》を畳むとか」

「また減るのか」

他の男たちも低い声で話し出す。

「例の地上げ屋か？」

「さあ、わかんねぇ。嫌がらせも受けたらしい」

「俺はそれでずっと見張りに立たされた」

「最近は変な輩《やから》が出入りしているから目を光らせていないとな」

「裏で奴らの手を引いている芸者もいるらしいぞ」

「なんてこった」

「そういや、万里子《まりこ》姐《ねえ》さんの件」

「神隠しのように姿を消しちまったな。何があったんだろうな」

「ちょうど三蔵が去った頃だな」

行原は三蔵の名に体が強張《こわば》った。澱の張り付いた彼の背中を思い出し、ぶるっと身を震わせた。

「最近は芸者もなかなか呼ばれなくなったからな」

「置屋もずいぶん減ったな。バーとかキャバクラとかに客が流れて、荒木町もだいぶ変わった」

町の雰囲気がどんどん淀《よど》んできているだけでなく、町の造り全体が良くない方向へ変わっているのには行原も気づいていた。

彼らには澱が見えないのだろうか。

水溜まりのように、誰にも気づかれないようなさりげなさで、気配を押し殺しながらジッと機会を狙《ねら》っているような不気味な黒い物体が。

もしかして、自分のせいだろうか？

今、この部屋にも天井の隅《すみ》に、行原たちを見張るように澱が滲み出ている。でも、彼らは気づいていない。

今日も芸者の影がゆらりと歪《ゆが》んで、澱がポコリと泡立つのを何度も目撃した。

「時代かねぇ」

「そうなりゃ、俺たちもお払い箱さ」

「箱だけに」

自嘲《じちょう》する乾いた笑い声が上がる。

「はい、俺の勝ち！」

湿ってきた空気を払うように景気よく藤丸がパンっと札を置くと、周りからため息が漏れる。

「ああ、今夜はついてねぇ」

「まったくだ」

藤丸の勝利に場は白熱して、夜明けまで続くのではないかと思うほどだが、次の日も仕事があるため、さすがに夜が明ける前にはどんなに盛り上がっていても終《しま》いにして布団を敷くことになる。

この荒木町《せかい》の昼間はどうなっているのだろうと、何度も徹夜を試みたが、布団に潜《もぐ》った瞬間に疲れのせいか、あるいはなにか他の力が働いているのか、すぐに睡魔《すいま》に攫《さら》われて一瞬で眠りに落ちてしまう。

そして目覚めればいつも日が沈みかけ、欠けることのない赤い満月がすでに空に浮かんでいる。目を光らせて行原を監視しているように輝いている。

自分はもう元の世界に戻れないのかもしれない。

いつまでも荒木町、澱の中で生きていくしかないのかもしれない。

欠けることのない満月を眺めながら。

リリリリリリ……。

木造家屋に響く黒電話の音で目を覚ます。

一階で寝起きしている誰かが電話を取ったのだろう。話し声はさすがに二階には聞こえない。だが、身を寄せ合うように寝ていた男たちは誰もが目覚めていた。条件反射のようなものだ。

行原も同様。布団の中で耳を澄ます。

階段を駆《か》け上がってくる足音。部屋の誰もが体を強張らせるのを空気を通して感じた。

「おい、誰か姐さんのところへ行ってくれねえか？」

箱屋の仕事には、芸者のあらゆるフォローをするというのがある。

荒木町、というか花柳界で働く人たちはどこか家族的な意識があり、特に芸者と箱屋の絆《きずな》は深い。

言い換えれば家政婦、下僕《げぼく》扱いということだ。それだけに、中には信頼している箱屋に家の鍵《かぎ》を預けている芸者もいるほどだ。

忘れ物を取りに行ってとか、電気を消し忘れたから消してきてとか、火を消し忘れていないか見てきてとか、本当に小間使いにされる。それでも箱屋は逆らわず、はいはいと言って喜んで雑用を承る。そうすることによって芸者との距離を縮めれば、仕事がやりやすくもなるからだ。

そんな芸者のちょっとした頼み事は真夜中でも訪れる。

夜中にネズミが出た、ゴキブリが出たから退治してくれなんてことは日常茶飯事。よほどのことでない限り、派遣されるのは新箱である行原だ。すべての雑用は新人に押しつけられる。

「おい、誰か起きているか」

箱屋ではない見番の留守番役《るすばん》が、誰もが起きているのにわざわざ聞いてくる。

「誰からだ？」

最年長である藤丸が皆を代表して尋《たず》ねる。

「菊千代《きくちよ》姐さんだよ。今すぐ来て欲しいそうだ。困ったことがあったって」

「困ったことって？」

「それは言わずに切れた」

「菊千代姐さん……」

誰かが布団の中で唸《うな》るように呟いた。

菊千代は最近頭角を現してきた若い芸者だ。指名がどんどん入ってきているが、嫌な噂《うわさ》もよく耳に入ってくる芸者だった。

嫉妬《しっと》が生んだ虚偽《きょぎ》か、それとも真実か。行原にはわからない。

なんだか非常に面倒なことになりそうだ。誰も俺が行くとは言わない。そんなときは一番下っ端の、行原の出番だ。

「俺が行きます」

押しつけられるよりは自主的に手を上げた方が得策かと、行原は布団から起き上がり、電球をつけて着替え始める。

「菊千代姐さんの家、場所はわかるか？」

新箱で大丈夫かという顔をした者もちらほらいるが、誰もが眠気を優先させて、結局行原を生贄《いけにえ》に差し出すことに無言の肯定をする。

「お前の手に負えなかったら電話しろ」

眠そうな声で言ってくれた藤丸の言葉が嬉しかった。


菊千代の家は荒木町の隅、見番から走れば五分とかからないアパートだった。芸者が住むにしてはずいぶんと安普請《やすぶしん》な建物に思える。菊千代はまだ旦那を持っていない。旦那のいない芸者はこんなものなのかと、行原は思った。

菊千代の部屋の前に立ち、行原は隣の住人の迷惑にならないよう、慎重に小さく戸を叩く。

すぐに玄関戸は開いた。

だが顔を出したのは菊千代ではなく、厳《いか》つい顔をした男だった。家の中だというのにサングラスをかけ、派手なシャツを羽織っている。明らかに堅気ではない雰囲気を纏《まと》っていた。

この男は誰だ。親族？　プライベートな友人？

行原が不審に立ち竦《すく》んでいると、男がドスの利いた声で尋ねる。

「お前は？」

「箱屋の行……いえ、原吉です」

男は無遠慮な視線で行原を舐《な》め回し、小さく舌打ちすると入れと言った。

「お、おじゃまします」

警戒しながら男の後について部屋に入ると、素顔の菊千代がソファに座って気怠そうに煙草をふかしていた。

芸者姿でない菊千代を見るのは初めてで、だらしなくガウンを羽織った彼女は一瞬誰だかわからなかった。

夜中に雑用で呼び出され、緊張を解いた芸者の素顔や振る舞いを見るのは初めてではない。顔にパックをしたままヒステリックに部屋の掃除《そうじ》を頼む芸者や、バスタオルだけを巻いた姿で風呂のお湯が出なくなったと半泣きで訴える芸者もいた。

芸と美を売る芸者の裏の顔。でも、見なければよかったと、失望することはなかった。

今まで行原が見てきた彼女らは、緊張を解いたプライベートな時間でもどことなく気品や優雅さ、そして愛嬌《あいきょう》があった。だから見番を出る時はこの程度のことでいちいち真夜中に呼び出すなという気持ちでも、彼女らの所に出向き問題を解決し、感謝の言葉をもらうと役に立てて良かったという誇らしい思いのほうが上回る。

けれど、きっと今夜は違う。

本能的に危険を察知した。

背中に嫌な汗をかきながら、ソファに座る菊千代の前に正座した。

「どんな御用ですか、お姐さん」

男が行原の隣にしゃがんだと思えば、いきなり胸ぐらを摑《つか》んできた。

「ちょっ……！」

悲鳴を上げそうになる行原の懐に、男が封筒を無理矢理ねじ込んできた。

男の手が離れると、懐から封筒を取り出す。中を見れば、数十枚の札が入っていた。どう考えてもチップの金額ではない。

困惑していると、男が粉の入ったビニール袋を行原の膝に投げる。袋は手のひらに載るような小さなものだった。

「それをうまく小梅《こうめ》に飲ませるんだ」

「これは？」

行原は袋を手にして中の白い粉を凝視《ぎょうし》する。

「余計な詮索《せんさく》はいいんだよ。言われたことをやるのがお前ら箱屋の仕事だろ」

男がドスを利かせる。

正体不明の粉。懐にねじ込まれた金。

小梅は少し前に誰もが羨《うらや》むような旦那に水揚《みずあ》げされた、今や荒木町の一、二を争う人気芸者だ。

とんでもない犯罪の片棒を担がされそうになっているのではないか。目の前の男は怖いが、小梅姐さんに、何の罪もない女性に危害を加えるのはもっと怖い。

愚《おろ》か者《もの》でも臆病者《おくびょうもの》でもいいが、犯罪者だけにはなりたくない。

「わたしたちがお手伝いするのは、花柳界《あらきちょう》の人たちにです。訳もわからずに余所《よそ》の方のお手伝いをするわけにはいきません」

両手をグッと握って、勇気を振り絞る。

男がチッと舌打ちした後で菊千代を睨《にら》みつけると、彼女は面倒くさそうに紫煙を吐きながら言った。

「言うとおりにやってちょうだい」

芸者にやれと言われれば、よほどのことがない限り断れない。

男が勝ち誇ったように鼻を鳴らして、行原を見下ろす。行原は屈辱《くつじょく》と反抗を目に浮かべて男を睨み返す。

「そんだけの金があればいいでしょ。三蔵だって、やったわよ」

とても一流の芸者とは思えない場末感ただよう菊千代の態度と言葉に、燃えたぎっていた行原の心が急速に冷えていった。

「やったって……」

菊千代がわざとらしく行原の目の前で足を組み替える。ガウンの裾《すそ》から見える生足。艶《なま》めかしいが、それ以上に下品で哀《あわ》れで、行原は目を背けたくなる。

「万里子姐さんを荒木町《ここ》から追い出したのは三蔵よ。旦那以外の男と寝かせてね。万里子姐さんを酔わせて、上手く仕組んでくれたわ」

「三蔵さんが……」

三蔵がまさか荒木町を裏切るようなことを。乱暴で口は悪いが、新箱である行原の面倒を見てくれた。突然新箱として放り込まれた荒木町の見番で、唯一頼りになる兄貴分だった三蔵。突然荒木町からいなくなったのは、そのせいか。

なんてことだ。

裏切られたという怒りよりも、寂しさと悲しさの方が強い。

ずっと頼って、支えてくれて、あの時もこの時も……あれ？

行原はふと我に返る。

あの時もこの時もって、一体いつの話だ。そもそも自分はどのくらい箱屋として荒木町で暮らしているんだ。

なんとなくの記憶が残っているが、思い出そうとすれば輪郭がどんどん歪んで消えてしまう。朝起きて、夢を見ていたのは覚えているのに内容は全然思い出せない、そんな感覚だ。

偽《にせ》の記憶を植え付けられたか、あるいは荒木町での記憶を消されつつあるのか。

別の意味で嫌な汗が滲んでくる。

ずっと動かず固まったままの行原の態度を拒否ととったのか、男が苛《いら》つきを隠さず怒鳴る。

「いいからさっさと金とソレ持って帰って、言うとおりにすればいいんだよ。これだけありゃ、当分は暮らせるだろ」

三蔵のように罪を犯し逃亡しろと。

しかし、行原はそもそも荒木町からは出られない。逃げることなどできないのだ。

それが逆に行原に勇気を与えた。絶対に、この仕事を受けるものかと覚悟《かくご》する。

行原は背中を男に蹴《け》られて、正座したまま前に倒れ菊千代の足下にうずくまる。ジンジンと鈍い痛みが広がる背中を庇《かば》いながら上半身を起こすと、新しい煙草に火をつけた菊千代がフーッと行原の顔に煙を吐きかける。

「ああ、やんなっちゃう。人気が出ればいい暮らしができると言われたのも今は昔。今は旦那になってくれるような男も減ったし。万里子姐さんの旦那はつかみそこねたし。芸は売っても体は売らない、なんて綺麗事《きれいごと》だけじゃもうやっていけないわよ」

　行原に言い聞かせたいのか、それともただの独り言か愚痴か。だらしなくソファに身を預けた菊千代のガウンから胸元や太股《ふともも》がはだけているが色気は感じない。むしろ今では哀れみを通り越して醜悪《しゅうあく》にさえ感じる。

　行原が連想したのはＢａｒ狐火が入っている、時代に取り残されて朽《く》ちていきそうな寂しいビルの姿だった。

「小梅姐さんの旦那を捕まえて、芸者も辞めて、気楽な二号さんとしてのんびり生きていきたいの。あんただって、さっさとここを出て行った方が利口よ」

　行原はスッと背筋を正した。

「さすがにお姐さんの頼みでも、これは引き受けられません」

「あんたがやらなきゃ、他の誰かがやるだけよ。その金、欲しくないの？」

　行原は金の入った封筒の上に小さなビニール袋を重ねて、菊千代の足下に置き深く頭を下げた。

「お役に立てず申し訳ございません。今夜のことは決して他言いたしません。お許しください」

　どんな大金を持っていても、行原は荒木町を出ることはできない。もし、出られる方法があるとしたら、それは佑太のジャッジを受けること、正しい選択をし続けることだろう。

それも不確かで、佑太どころか佐輔にさえずっと会えていない。

むしろもう時すでに遅し。

ゲームオーバーなのかもしれない。

それでも諦めたくはない。

たとえすでに澱の中だとしても、人としての矜持《きょうじ》がある。

人を貶《おとし》め、犯罪の片棒を担ぐなど、澱の一部になったとしてもできない。

「うぐっ」

男に後衿を摑まれて強く引っ張られた。喉が締まって一瞬呼吸が止まる。

そのまま無理矢理立たされて、壁に押しつけられた。

「お前に拒否権なんてねぇんだよ」

左頰《ひだりほお》を一発殴《なぐ》られた。ほお骨辺りが激しく痛い。

「ああ、芸者になんかならなきゃよかった。本当に後悔しているわ」

菊千代が吐き出す煙草の煙が真っ黒で、行原は目を見張る。

「今はもうそういう時代じゃないのよ。葵姐さんは上手く逃げ切ったわよね。芸者の仕事なんて見下していたのに、自分はちゃっかりいい旦那捕まえて、今では小料理屋の女将《おかみ》ですって」

葵姐さんは幸せになったんだ、と行原が胸を撫でおろした瞬間、ボトリと天井から足下に澱が落ちた。

「やれ！」

男が再び拳《こぶし》を振り上げる。

行原は恐怖を感じて、呼吸が止まるほど体が硬直した。

男の拳にではなく、澱の気配に。

恐れおののきながら視線を上げると、天井が真っ黒だった。

「ひっ……！」

行原の喉が引き攣《つ》った悲鳴を上げる。

澱が迫ってくる――否《いな》、すでに包囲されている。

真っ黒な天井で小さな気泡がブツブツと気味悪く蠢いている。

天井だけではない、眼球だけを動かして床を見れば、菊千代の影も、男の影も垂れ流した小便のように、小さな泡を吐き出しながら広がっていく。

今まで町の隅々でたむろしていただけだったのに。

それは黒い塊《かたまり》で、意志を持つアメーバのようにうねりながら行原の足に近づいてくる。

ガツンと左上顎《うわあご》に衝撃が走った。口の中に血の味が広がる。また、殴られたのだ。そう認識すると同時に、足先にも熱湯をかけられたような痛みが走る。

うねる黒い塊が、気持ちの悪い気泡を吐きながら行原の脚《あし》を登ってこようとしている。

まさかこんな形で襲ってくるなんて。

今度こそ本当に、本当に終わりなのか。

このまま荒木町だか澱だかに取り込まれてしまうのか。絶望に体の力が抜けていきそうになる。

「やると言え！」

簡単に言うことをきくと思っていた若い箱屋が思わぬ抵抗を見せたのに戸惑いと驚きと苛つきを持って男が怒鳴る。

終わりなら終わりでいい。

澱に閉じ込められようと、澱に飲み込まれようと、最後の最後にこんな奴らの言いなりにはならない。

惨《みじ》めに屈服して人生を終えるなんて、そんな後悔だけはしたくない。せめて自分に胸を張れる最期を。

行原は腹を括《くく》る。

自分の覚悟を目に宿らせて男を睨みつける。

「できません。やりませんっ！」

予想外の強い抵抗に男が怯《ひる》んだ。

男だけではなく澱も怯んだのか、膝《ひざ》まで登ってきていた黒い塊が剝がれてポトリと床に落ちた。

チリン、とどこかで鈴が鳴った。

「気品高いと評判の津《つ》の守《かみ》芸者がこのざまか」

ついで、凜《りん》とした声が響く。

聞いた覚えがある。行原はゆっくりと思い出す。

ふらりと入った松平という店で、酒を飲み荒木町に閉じ込められた。

大きな借金を背負い、再び訪れた松平で夜の野点《のだて》に誘《さそ》われた。そこで出会った美しい芸者の声。こっそりと助言してくれた声。

声に勇気づけられ、行原の肩から力が抜けた。彼女の姿を探して辺りを冷静に見回すが見つからない。

天井からは雨漏《あまも》りのようにドス黒い澱が垂《た》れてきて、菊千代も男も泥沼から上がってきたような姿で蠟《ろう》人形のように固まっていた。

「おおいやだ。まったく汚らわしい」

ドロドロに溶けていきそうな部屋に気品高い声の持ち主の姿はない。

「ああ、つまらない。こんなつまらない町は池に沈めてしまいましょう」

チリン、ともう一度鈴が鳴ったかと思えば、部屋の中に水が流れ込んできた。

「ええっ」

行原は慌《あわ》てて部屋を見回す。

一体どこからこんなに大量の水が。

水は床の澱を飲み込みながらどんどん勢いよく流れてきて、波打ちながら水面が上がってくる。

ソファに座っていた菊千代はもうとっくに水の中に沈んだ。中腰で行原に凄《すご》んでいた男も、あっという間に水に飲まれた。

「あわわ……」

空気を求めてつま先立ちしてドアへと逃げようとするが、水の抵抗で思うように足が動かない。

ヤバイ、と思ったときにはすでに水中にいた。

息を止めて周りを見回す。

青い水の中に、菊千代やソファ、男、金の入った封筒、その他いろいろな物が浮かんでいた。

家の壁はない。

上も下も右も左も青だけが広がっている。

まるで深い池の底。

「また失敗だわ」

哀しげな声が底の方から聞こえてきて、行原は手で水をかき体を下に向ける。

視線の先には、黒留袖を着た芸者が肩を落として片肘《かたひじ》だけをついて気怠げに横たわっていた。

水の中なのに、甘い香りがした。

どこかで嗅《か》いだことのあるような懐かしい香り。

祖父母の家で食べた和菓子、母が着物を着るときに身に着けていた香り袋、部署の女性が配っていたタイ旅行のお土産《みやげ》のインセンス。それらに似ていて、どれとも違う香り。

チリン、と鈴の音とともに彼女が振り返った。

行原の瞼《まぶた》が限界まで見開いた。

この世のものでない、生身の女性とは違う、恐怖さえ覚えるような圧倒的な美しさ。紅《あか》い目尻《めじり》によって強調された黒い瞳《ひとみ》は、ブラックホールのようになにもかもを飲み込んでしまう暴力的な艶《あで》やかさで、二度と目が離せそうにない。

彼女だ。

行原の鼓動が痛いほど速くなる。

上野先輩たちと別れた帰り道、小径で出会った芸者。彼女の後をついて行ってから、すべての摩訶《まか》不思議が始まった。

「つまらない、つまらない。松平公がいた頃が懐かしいわ」

彼女はため息混じりに呟いて、ダラリと寝そべってしまった。水に揺れる後れ毛と襟足《えりあし》から見える白い首があまりに艶めかしい。

グラリと行原の体が揺れて反転する。

——なんだこれは。

揺れる水面《みなも》に不思議な光景が映し出される。

大きな池の周りに様々な店が建ち、人が集《つど》い賑わって、誰もが楽しげな表情を浮かべている。滝もあり、そこで水浴びに興じる人々もいた。なんとも活気があり、愉快げだった。だがその風景は少なくとも昭和や大正、明治時代とは思えない。もっと昔、江戸時代だろうか。

人々は皆着物を着ているが、それは行原の知っている和装ではなかった。派手だったり、逆にみすぼらしかったり、本当に様々だ。

店もすべて木造でコンクリート造りなどなく、建築模様もまったく違っている。

まるで動くジオラマを見ているようだ。

首を回して彼女の姿を見る。

彼女は懐かしげに、そして悲しさと寂しさを瞳に宿して水面にひろがる遠い昔の情景を眺めていた。

まるで会えない恋人の姿を見つめているように。

「ごぼっ!」

息を止めているのに限界が来て、空気を吐き出す。

肺に空気が無くなった行原の体はゆっくり水底へと沈んでいく。

訳のわからないまま溺《おぼ》れ死ぬのか。

行原は覚悟して目を閉じる。

沈んでいく体。

水圧に胸が苦しくなる。

溺死《できし》よりも先に圧迫死かと心の中で自嘲していると、右手になにか固い物が当たった。

見れば、それは木の櫂《かい》だった。

奇妙に柄《え》の長い櫂で、極楽から垂らされた蜘蛛《くも》の糸のように長く長く水面まで続いていた。

行原は朦朧《もうろう》とした頭で櫂の柄を握った。

その瞬間、恐ろしい勢いで上に引き上げられる。

「かはっ!」

水面から顔が出ると同時に、本能が反射的に酸素を求めて口を開かせた。

目一杯酸素を肺に取り込む。

荒い呼吸を数回繰り返し、ようやく酸素が頭にまで回って、行原は慎重に辺りを見回す。

顔を出したのは広い池だった。滝も見える。

それはさきほど目にした、江戸時代に似たジオラマのような風景と同じだった。

ただ、人がいない。

楽しげに池の周りや店に集っていた人々はなく、活気もなく、死んだように静まりかえっていた。

「間に合ってよかった」

突然聞こえた可愛《かわい》らしい女性の声に驚いて、行原は振り返る。

小さな木の小舟に乗った若葉色の着物に割烹着《かっぽうぎ》を付けた女性が、櫂を動かしながら行原に近寄ってくる。

行原は小舟の端に手をかけて女性の顔を見上げ、あっと声を上げた。

「金平《きんぴら》ゴボウの女将さん」

葵の影から澱が湧きだしてきた時に、金平ゴボウで彼女と自分を救ってくれた女将。

「ありがとうございます。あなたは以前にも俺を助けてくれた」

舟にぶらさがりながら礼を言うと、女将は優しく微笑《ほほえ》んで行原に手を差し伸べる。

「その前に、あなたがわたしを助けて下さいました」

「え？ その前に？」

女将の顔がゆっくりと行原に近づいてくる。

葵と一緒の時は暗くて気づかなかったが、女将の左の目元に泣きぼくろ。

多香子！

思わず心の中でかつての恋人の名を呼ぶ。

「あなたに助けていただいた半玉《はんぎょく》の貴乃です、あなたのお陰で芸者を辞めて、別の道を歩むことができました」

記憶が蘇《よみがえ》る。

彼女は多香子ではなく、行原が荒木町から脱出させようとした半玉だ。

「無事、抜け出せたのか。よかった、本当に」

行原は荒木町から出ることは出来なかったが、自分の決意と努力は無駄ではなかったのだ。

「はい。ですから今度はあなたが、この町から出る番です」

貴乃が強く行原の腕を握って真剣な眼差《まなざ》しで見つめる。

「誰にも言えなかった、あなたの悲しみを、後悔をここで吐き出してください。閉じ込められないで下さい。澱から出て下さい。恥なんて思わず、ありのままの自分をさらけ出すことができるのが、本当に強い人なんですから」

永遠の一。

一《ひとり》ではだめでも、二《ふたり》なら。

## 九 美味い酒も、不味い酒もあった

目が覚めた。

行原はゆっくりと体を起こす。

カウンターに突っ伏して、両腕を枕に眠っていたようだ。

目の前には様々な酒の瓶が並ぶ。見慣れた、そして、久しぶりの狐火のカウンター。

何回目の夜だろう。

行原はスーツを着ていることを確認する。ようやく箱屋の世界から抜け出せたようだが、
荒木町からはまだ出られていないようだ。

それでも狐火にさえ辿り着けなかった満月の続く夜よりはマシだ。

「あれ?」

行原は店内の違和感に気づく。

カウンターの中には誰もいない。佑太も佐輔も。それに、いつもカウンターの中だけは

スポットライトに照らされたように明るいのに、今はほんのりと薄暗い。

ほんのわずかに差し込む光が店内をモノクロに染め、何もかもがぼんやりした輪郭を浮かび上がらせている。

なんとなしに振り返ると、窓の外に見える空がうっすらと白かった。

「え、明るい⁉」

こびり付いていた眠気が吹っ飛び、行原は窓辺に駆け寄った。

窓を覗《のぞ》けば、やや灰色を帯びた白い空の下で、石化したように沈黙した店たち。人影のない道の脇にはゴミ袋が置かれて、烏《からす》の鳴き声だけが聞こえてくる。まだ西の空には夜を残し、東の空は雲にほんのりとオレンジ色を浮かべていた。

「あ……朝だ！」

何度も何度も夜をくり返した果てに、初めて経験する荒木町の朝。

すべての店が閉まったゴーストタウンのような町で、烏だけが活発にゴミからゴミへと移動したり、空を舞ったりしている。

人がいないのは狐火も同様だ。

行原がいるのに店を閉めてしまったのだろうか。そんな不用心な、と思ったがすぐに訂正する。

きっと意味があるのだ。二人のどちらもいないということに意味があるのだ。

だとしたら現状は、佑太《せいかい》でも佐輔《まちがい》でもないということだろうか。

それに初めて迎える朝。

——今度はあなたが、この町から出る番です。

貴乃の言葉が胸に響く。

もしかしたら、長い悪夢の終わりなのかもしれない。ここは自分がいた世界の荒木町なのではないか。

玄関に向かい、外に繋《つな》がる扉に手をかけた。

力を入れればあっけなく扉は開き、早朝の少し肌寒い空気が流れ込んできた。

行原は期待と不安を胸に抱きながら、恐る恐る足を踏み出して店の外に出た。

エレベーターもない古いビルの二階にある店。目の前にはヒビが入った灰色のコンクリート剝き出しの壁。

ゆっくりと扉を閉じれば、ドアノブにかけてある『準備中』のプレートが小さく揺れた。

他の店々と同じように、狐火も眠りについているようだ。

ところどころ欠けているコンクリートの階段を降りてビルの外に出ると、ヒンヤリとした爽《さわ》やかな朝の空気に包まれた。

静止画のようになった町を見回して、ゴクリと唾を飲み込む。

さっきまで見番が建っていた場所には、見覚えのある公園があった。

並ぶ店を見回す。すべて閉店しているが、店の雰囲気はだいたいわかる。

看板やメニューを掲げていない一見《いちげん》さんお断りと言いたげな割烹の隣には、いかにも若い女性が好みそうなイタリアンレストランがあり、昭和時代の雰囲気をそのまま持ち越している飲み屋があるかと思えば、向かいには未来型のモダンでスタイリッシュなバー、と混沌《こんとん》とした摩訶不思議な雰囲気の飲食街だ。

時代も趣味も越えた店が集まっている。

どうやら現実の世界のようだが。

「本当に戻れたのか？」

今ならひとりでも、この町を出られるかもしれない。

高まる期待に背中を押されながら、車力門通りを新宿通りに向かって歩いて行く。

両側には冷たい視線を寄越すように閉店した店たち。

カァカァと烏が五月蠅《うるさ》い。

一歩、また一歩と進んで、行原は朱色の街灯の前に立った。前に見える新宿通りは早朝だからか、車も人の行き来もない。

行原は朱色の街灯を見上げた。

ここを抜けることができたら、元に戻れる。

家に帰ることができる。

深呼吸をくり返し、そして息を止め、一気に地面を蹴って飛び出した。

しかし、そこはビルが建ち並ぶ新宿通りではなく、左右に広い庭を持つ平屋の家屋が並ぶ田舎《いなか》の道だった。

青い空がどこまでも続き、遠くに山脈が見える。

ここがどこだか、行原は瞬時に理解できた。

空港から在来線に乗り、さらに駅から本数の少ないバスに乗って到着した、実家に近いバス停だ。

実家はここから徒歩十数分の距離。

バスが通る国道から逸《そ》れて、古き良き昭和の時代を感じさせる家々の間、土を固めただけの舗装されていないのどかな道を歩く。

家屋が並ぶといっても、隣家との距離はそこそこある。なぜならどの家も、都心では考えられないような大きな庭があるからだ。

庭には鶏《にわとり》小屋があったり、盆栽《ぼんさい》を並べる棚《たな》があったり、小さな畑があったりとそれぞれ個性的だ。

行原が故郷を捨てて東京に出た十数年前と変わらない景色。

土と草のにおいに包まれた道を、安らぐような、哀しくなるような気持ちで歩いて行く。

やがて実家が見えて、行原は立ち止まる。

しばし躊躇《ためら》ったが、覚悟を決めて門を開け庭に入っていく。玄関までの石畳を慎重に進みながら、ようやく玄関扉の前まで来る。

突然やって来た理由をどう言えばいいのか。

インターホンのボタンに伸びた指は、宙で止まったまま動かない。

何十秒経《た》ったのか、まるで動けない行原を助けるように玄関扉が開いた。

「あら、暁生じゃないか」

家から出てきたのは母だった。買い物に行くのか、手提げ袋を腕に引っかけている。

「どうしたん、いきなり。こんな朝早くに。帰ってくるなら電話してや」

記憶よりも老いた母が目をまん丸くして行原を見る。

「ご、ごめん」

思わず謝った行原に、母が大笑いする。

「謝ることなんてないんさ。自分の家だもの、好きな時に帰ってくればいいんだから。でも前もって教えてくれたら、あんたの好物作っておくのに」

行原の背中をバンバンと力強く叩く。

「長旅で疲れてんだろ。冷蔵庫に麦茶がある。あと、戸棚に貰《もら》い物の菓子があるから、それ食べて待っていてな」

「あ、うん。ありがと」

さあさあと母に促《うなが》され、行原は玄関に入る。

行原の背中を押す母の目に、うっすらと涙が浮かんでいるのに気づいたが、何も言わずに靴を脱ぎ始めた。

古い木のにおいに、ほんのりと白檀《びゃくだん》の香りが混じる。

「香川《かがわ》商店さ行ってくるから。三十分ほど留守番しててな。それから――」

母は後ろ手で玄関扉を閉めながら言った。

「父ちゃんに線香あげてやってな」

ぴしゃんと扉が閉まり、まるでこの世から音が無くなったような重い静寂《せいじゃく》が訪れる。

行原は家に上がって、足裏に冷たく固く感じる廊下を歩いて行く。ギシギシと老朽化した廊下は鳴くような音を立てる。薄暗い中、ひんやりとした空気と白檀の香りが、どこか松平の廊下を思い出させた。

居間を通り過ぎ、家の北側に位置する仏壇《ぶつだん》のある和室に入った。

日当たりの悪い四畳の和室はうっすらと暗く、空気だけでなく畳さえ冷えていて、それが厳《おごそ》かに感じられた。

行原は正座し、仏壇ににじり寄る。

行原家の先祖の位牌《いはい》が並べられた立派な仏壇。その中で、一番新しい位牌に向かって言う。

「父ちゃん、ただいま」

母が手向けたのであろう線香がまだ半分も減っていない。深緑の線香から、白檀の香りが白い煙になって家を漂う。

供えられたご飯はまだ十分水分を含んでいた。

行原は脇に置いてあるマッチに火をつけ、蠟燭《ろうそく》を灯《とも》す。線香を二本手にとって、火をつけると勢いよく真下に振り、母が供えた線香の隣にそっと挿す。

チーンとリンを鳴らし合掌《がっしょう》する。

いつまでもいつまでもリンの音は消えずに、細く細く行原の耳の奥で鳴り続ける。

目を開けると、仏壇の横にある棚に並ぶ故人の遺影が目に入った。

逢《あ》ったことのない曾祖父母《そうそふぼ》、ほのかな思い出がある祖父母、そして父親。

まるで呼ばれたように父親の写真と目が合った。

仲直りできないまま逝《い》ってしまった父が、生真面目《きまじめ》な顔をして行原を見つめている。

行原は父の写真に向かって言う。

「誰にも、どこにも吐き出せない愚痴を、今ここで吐いてもいいかな」

写真の中の父は当然、表情も変えなければ返事もしない。

「つまらない意地を張ってしまった」

今ならそう思う。

けれど、あの頃は若かった。

若いということが免罪符《めんざいふ》になるとは思わないけれど、今のように受け入れる気持ちにはどうしてもなれなかったのだ。

行原はジャケットのポケットからクシャクシャになった請求書を取り出す。

ようやくわかった、この請求書の意味。記載された金額の意味。

——三百九十三万円。

行原の過去が鮮明に浮かび上がってくる。

＊

高校三年の夏休みだった。

「なんなん、この借金は！」

自分の部屋で受験勉強をしていた行原の耳に、悲鳴のような母の怒号が響いた。

数式を解いていた手が止まる。

「会社クビになったんか！」

行原はそっと立ち上がり、足音を立てぬように自分の部屋を出て廊下を歩く。

廊下の電気はつけずに、闇の中をこっそりと歩いていく。キシキシと不穏に鳴る床。

子どもの時から歩いている廊下のはずなのに、なんだか見知らぬ家の廊下を歩いている気分で、距離が随分《ずいぶん》と長く感じた。

ようやく辿り着いた居間の入口で、行原は息を潜《ひそ》めて耳を澄ます。

「リストラされていただけでなく、借金までしてたなんて……」

嘆きと怒りが混じった母の涙声。

行原は半分開いていた扉の隙間から居間を覗いた。

ソファに座って項垂《うなだ》れる父。

その前に威圧的に立って父を見下ろしている母。手にはクシャクシャになった紙を握りしめている。

「なんで相談してくれなかった。こんなことになる前になんでな！」

父は項垂れたまま答えない。

「もう……どうしたらいいの」

母が握っていた紙を床に投げつけた。

クシャクシャに丸められた紙はコロコロと転がり、扉の隙間から覗いていた行原の目の前で止まって広がる。

聞き覚えのある金融会社名と三百九十三万の金額が見えた。

「リストラ誤魔化すため借金なんかして、どうやって返済するの！」

「……新しい仕事が……見つかれば……それまでのあいだ、だけ……」

今まで聞いたことがない父の掠《かす》れた情けない声。みっともなく言い訳をしている。

母と父のやりとりを盗み聞きして、だいたいの事情は把握した。

バブル経済が弾《はじ》けてから、父の会社の業績が傾いてきたのは知っていた。ハッキリと聞いたわけではないが、給与が年々下がっていることも薄々気づいていた。

だが、まさかクビになっていたとは。

これから家族はどうなるのだろう？

大学進学は……諦めることになるのか。

なぜ父はリストラされたことを黙っていたんだ。

誤魔化すために借金までして。

そんなことをしてもなんの解決にもならないのに、浅はかな。

ぐるぐると色々な思いが頭の中を駆け巡る。

信じていたもの、尊敬していたもの、すべてが裏切られた思いだった。なにもかもが崩れていく音がした。

行原は震える足で自分の部屋に戻る。

父を責めて泣くばかりの母、ただ項垂れているだけの父。

両親の情けない姿を見ていたくなかった。

次の日から、両親の仲は険悪だった。表だって言い争いはしないが、明らかにお互いを避けていた。母は行原に対しては昨日までと同じ態度をとっていたが、笑顔がどこかぎこちない。

父はだんだんと家にいなくなった。仕事を探しているのか、どこかで時間を潰《つぶ》していたのかはわからない。

家の中の空気はどんどん暗く重くなっていった。

「暁生、あのね」

父のいない夜の食卓で、母が申し訳なさそうに言った。

「大学受験だけど、地元の国立にしてくれんか？」

「……今からじゃ、ちょっと無理かも」

自分の学力は自分が一番よく知っている。しかも受験まで半年を切った一番大切な時期、両親の不仲と借金のせいで勉強に集中できないでいる。

「暁生は頑張り屋さんだし、出来るんじゃないか？」

「無責任なこと言うなよ。受験まであと五ヶ月だよ」

「……一年ぐらいなら浪人しても」

「金がないからか？」

母は驚かなかった。行原があの時の会話を盗み聞きしていたのを知っていたのか、雰囲気で察したと思ったのか知らないが、まったく動揺を見せずに続けた。

「ごめん。でも、地元の大学だって、暁生のやりたいことやれるんじゃないか？」

行原はバンっとテーブルを強く叩いて立ち上がった。

「勝手なこと言うなよ！」

初めて母が動揺を見せる。

「金がないのは知っている。奨学金でも何でも借りる。迷惑かけない。だから、そっちも俺に迷惑かけんな！」

怯《おび》えたような母の目が、より行原の怒りを増幅させる。

「俺の人生を邪魔すんな！」

そう吐き捨てて自分の部屋に戻った。

その日以来、親との会話は最低限になった。

もともと父とは中学生になった頃から会話は少なくなっていた。

母は明るい表情で話しかけてきたが、それはどこかよそよそしくなにかを誤魔化しているようで、行原は極力無視していた。

父が仕事を失って、しかも借金まで抱えていたと知った時に襲われたのは動揺と不安だった。次に湧いてきたのは悲しみ。

そして、悲しみは怒りに変わっていった。

偉そうに自分にいろいろと言っていたのはなんだったんだ。借金なんて浅はかなことをして。母も頼りにならず、なにもできないくせに必死でそれを隠そうとしているのにも腹が立った。

怒るエネルギーで心に渦巻《うずま》く不安や不満を吹き飛ばしたかったのかもしれない。

徐々《じょじょ》に家族同士の会話がなくなっていく。顔を合わせる時間も少なくなった。父は相変わらず家にいなかった。行原は学校から帰ってくれば受験勉強を理由に部屋に引きこもり、食事も部屋でとるようになり、もう家族はバラバラだった。

家の中はざらついた嫌な空気が充満していて、自分の部屋から出ると息苦しくなる。電気がついていても、足下はいつも薄暗く見えて、泥水の中を歩いているような不気味さを感じた。

きっと、行原家に澱が生まれたのだ。

徐々に澱が育っていったのだ。

無事に第一志望校に受かった行原は上京し、宣言通り親からの援助は断って奨学金を借りてひとり暮らしを始めた。

大学に通っていた四年間、一度も実家には帰らなかった。帰っても、親とどう接していいかわからなかったから。

母からの電話は基本、無視した。重要な用件は留守電に入れてくれたので、その時だけ折り返した。母は電話を諦め、手紙を送るようになった。さすがに手紙までは無視せずに読んだ。

母と父は少しずつ関係を修復していったらしい。父が再就職したことや、一緒に旅行に行ったことなど近況報告とともに、行原を気遣う言葉で結ばれていた。多少の仕送りはできるといつも書いてあったが、それを受けることはなかった。

父と母の関係が元に戻ったことに安堵《あんど》する一方、母に裏切られたような気持ちも芽生え、より行原は実家から遠ざかるようになった。

今思えば、なにをそんなに意固地になっていたのだろう。

十年前にタイムスリップして若い自分に会うことができたなら、一発殴《なぐ》ってとにかく親に会いに行けと説教したい。

大学時代は実家に帰らない代わりに、休みにはバイトを目一杯入れた。少しでも早く奨学金を返したかった。勉強とバイトばかりの地味な学生生活だったが、得るものはたくさんあった。

学校では教わらない社会勉強をした。

多香子と出会ったのも、バイト先の塾だった。

行原は英語、多香子は数学と理科を受け持っていた。同じクラスを担当することになり、生徒について相談などをしているうちに友情が芽生え、やがて恋心に変わった。

金策に忙しかったが、それなりに楽しい学生生活だった。

数々のバイト経験が役に立ったか、幸運にも行原の就職活動は円滑に進み、第一志望の会社に入社できた。

さすがに就職報告ぐらいはしたほうがいいかと、実家に電話をした。電話に出た母はものすごく喜んでくれた。

奨学金という名の借金は、若い行原の背中に重くのし掛《か》かったけれど、努力が実ってそこその収入が得られる会社に就職でき、順調に返済をすることができた。

母が喜んでくれても、奨学金が返済できても、行原の心底にある澱は消えなかった。

実家に帰る決心はつかなかった。

親不孝者だという自覚はあった。

ここまで育ててくれたのに、たった一度の過ちで勝手に親に失望し、ずっと会いもせず、感謝の気持ちも伝えずにいることに罪悪感はあった。それでも、どんな顔をして父に会えばいいのか、ちゃんと会話ができるのか、会えない時間が長くなるほど自信がなくなっていった。

実家に行かなければ、顔ぐらい見せなければ、そんなふうにうだうだしているうちに、父があっけなくこの世を去った。

社会人三年目の秋だった。

父は交通事故に遭《あ》い、他界したのだ。

東京に出てから約七年、顔を見せることもなく、会話らしい会話をすることもなく、逝ってしまった。

さすがに父の葬儀《そうぎ》には飛んで帰ったが、あまり記憶がない。

自分は後悔して大泣きしたんだっけ？

それとも魂が抜けたように茫然《ぼうぜん》自失していたんだっけ？

はっきり記憶に残っているのは、久しぶりに玄関に現れた行原の顔を見た瞬間、泣き出した母親の顔。

思いの外、きれいで安らかな表情だった父の死に顔。

棺桶《かんおけ》が焼却炉に入っていく時に感じた大きな喪失感。

東京へ帰る飛行機の中で、突然襲われた罪悪感。後悔と自責の念で押しつぶされそうになり、腹を抱えるようにずっと背を丸めて下を向いている行原に、心配した客室乗務員が声をかけてくれたこと。

ひとりになった母をもっと気遣わなければいけないのに、父が死んだのは自分のせいだという気がして、やはり行原は実家に足を運ぶことができなかった。

四十九日や一周忌、三周忌はさすがに帰ったが、行原の顔を見て喜ぶ母とどう接していいのかわからず、思いやりのある言葉や態度を示せなかった。

安否を確認するように、月に二、三回は母に電話をするようにしたが、本当に安否を確認するだけの事務的な会話しかできなかった。

本当はもっと、父との思い出を話したりしたかったのに。

実際仕事が忙しかったのもあるが正月も盆も無視して、やはり行原は実家に極力帰らなかった。帰れなかった。

＊

「父ちゃんが死んでから、もう五年か……」

線香の香りが広がる中、父の位牌に向かって呟く。

「人の心って弱いんだな。いや、俺の心が弱いだけか」

社会人になって、子をなしてもいい歳になって、ようやく両親の心情を推し量れるようにもなった。

家族を心配させまいとする父の気持ちも、上辺だけでも上手く繕《つくろ》おうと努力した母の気持ちも。

温かい家庭を維持していくのは大変だ。あたりまえにある幸せなんかではないのだ。

それに気づいたからこそ、多香子との結婚にも消極的になって、結果別れてしまった。

親の影響が少なからずあった。家庭や子どもを持つという責任の重さ、恐怖もあった。

自分だけがまだ心の中に澱を溜《た》めている。

様々な過去の分岐点。どうすればよかったのか。勇気を出せばよかったのか。それはどんなに考えても導き出せない答えだ。

父の借金を知ってからの日々。家族との接し方。母への態度。多香子との関係。

ただ後悔だけが澱のように心の奥に沈んでいる。これは一生消えることがないだろう。

ずっとこの澱を抱えたまま、生きていくしかないのだ。

——金毘羅《こんぴら》　船々　追い風に帆《ほ》かけて《て》　シュラシュシュシュ
突然、行原の耳に唄《うた》が流れてくる。

——まわれば　四国は讃州《さんしゅう》　那珂《なか》の郡《ごおり》
——象頭山《ぞうずさん》　金毘羅大権現《だいごんげん》
——一度　まわれば
背後から流れてくる唄に振り返れば、そこは小さなお座敷だった。

目の前には、芸者にお酌《しゃく》してもらい、旨そうに酒を飲んでいる父がいた。

行原がいるのは仏壇がある実家の和室ではなく、どこかの料亭の部屋だった。

六畳ほどの小さな個室。床の間には掛《か》け軸《じく》。一輪挿《ざ》しの小さな花瓶に生けられた青い花は勿忘草《わすれなぐさ》。

名前の通り、花言葉は「私を忘れないで」。

三味線を弾きながら金比羅船々を唄う芸者と父の隣で酌をする芸者と行原と、部屋には四人だけ。

父の隣で酌をしていた芸者がしなやかに頭を下げる。

「あとは親子水入らずでどうぞ」

芸者はスッと立ち上がると、行原のいる出入り口にやって来る。

すれ違いざま、行原に視線を流して小さく会釈した彼女の顔を見て、声を上げそうになった。

この世のものとは思えない妖《あや》しい美しさ。深淵《しんえん》のような瞳をより際立たせる艶めかしい紅い目尻。どこか懐かしい甘い香り。

行原を摩訶不思議な荒木町に誘《いざな》った、細い小径で出会った芸者。

ついさっき、その荒木町を水で沈めようとした芸者。

「あ、あなたは一体……」

とっさに手を伸ばし彼女を引き留めようとした腕は、別の芸者によってはばまれる。

三味線を弾き、唄を歌っていた高齢の芸者がいつの間にか、彼女と行原の間に立っていた。

三味線の芸者は廊下に出て、正座をして頭を下げる。

「それでは失礼いたします。今宵はごゆるりとお楽しみくださいませ」

行原の追随《ついずい》を許さないように、ピシャリと襖《ふすま》を閉めてしまう。

呆然《ぼうぜん》と襖を見つめている行原に、父が声をかける。

「なにしてんだ。さ、早くおいでな」

死んだはずの父が酔ってご機嫌な声で呼ぶ。

ここはやはり現《うつつ》ではないのだ。では、どこなのだろう。

行原はゆっくりと振り返る。

お猪口《ちょこ》を持って笑いかける父は、行原が忘れかけていた家族の中心にいた威厳のある父だった。いつも行原に発破をかけ、頼みもしないのにアドバイスをして、反抗期には衝突もした父だった。

行原は襖から離れて父の前に座る。

「……久しぶりだけな、父ちゃん」

徳利《とっくり》を持ち、父のお猪口に酒を注《つ》ぐ。

「ああ、久しぶりだけな。ずいぶん立派になってな」

今度は父が徳利を持ち、行原のお猪口に酒を注ぐ。

二人はお猪口を手に持つと、乾杯と目の高さに掲げた。

酒を喉に流し、ゆっくりとお猪口を置く。

「母ちゃんがさ、おまえが東京で成功したって、嬉しそうに毎朝、毎晩、俺に話してくれるけ。ちゃんと電話してくれているんだな」

仏壇に向かって独り言を呟く母の姿が浮かんだ。

「成功している……ってわけではないけさ。そこそこの会社に入って、そこそこの給与をもらっている程度だ」

父がガハハと豪快に笑う。

「ライバルの多い大都会でそこそこやれているなんて、たいしたもんだ」

父や母のように田舎で暮らしている人にとってみれば、大都会で暮らしていけるってだけでも凄いことに感じてしまうのかもしれない。実際はそんなことないが、喜んでいる父の幻想を破りたくはなかった。

「うん、まあ、がんばっているよ」

父が行原を真《ま》っ直《す》ぐに見て言う。

「東京で職について、酒も飲めるようになったなんて、本当に立派になったな」

行原は目を伏せる。

謝らなくては。

ずっとそう思っていて、結局できなかったこと。

「あ、あのさ、父ちゃん……」

次に続く言葉が出てこない。お猪口を持ったまま、行原が戸惑っていると、父が口を開いた。

「社会人にもなると、いろんな酒を飲まされるだろう?」

「え?」

「俺もそうだった。美味い酒も、不味《まず》い酒もあった。同じ酒でも、飲む相手、飲む場所、飲む状況によってまったく味が変わるんだけどな」

クイっと父が酒を飲み干し、倣《なら》うように行原もお猪口を傾けた。

「この酒の味はどうだ?」

父がニヤリと口の端を上げて問う。

「どうだろ」

行原は空になったお猪口の底を見ながら答える。

正直、美味いのか、不味いのかよくわからない。

でも、ずっと飲み続けていたい味だった。

澄んだ水のように清涼感があって、ほんのりと甘くて、少し米の香りが残っている酒。

口に含んだ瞬間、ふわっと米の甘さが広がった。

どこまでも優しい味だった。

優しすぎて、じんわりと涙が浮かんできた。

行原は穏《おだ》やかな笑みを浮かべる父に心の中で問いかける。

父ちゃんはあの時、ひとりぼっちだったんか？

俺たち家族は「二」になれなかったけ？

だからこっそりと借金して、それがばれたら貝のように無口になり存在を消してしまったのか。

——永遠の一。

——一《ひとり》ではだめでも、二《ふたり》なら。

彼女の声が耳の奥で蘇る。

あの時も今も思う。

「二」になれなかった自分への怒りと悲しみ。

「二」にしてくれなかった父への怒りと悲しみ。

——人生は航海。

——人生は後悔。

小説やドラマの中では、バラバラの家族がトラブルをきっかけに結託《けったく》して心一つに纏《まと》まるなんて話がゴロゴロしているが、現実はなかなかそううまくは行かない。

現実はもっと複雑で残酷だ。そう思ったとき、素直に気持ちが口から出た。

「父ちゃん、ごめん」

行原は頭を下げる。

「俺がガキだった。ガキ過ぎた。ただ失望するだけで、父ちゃんと母ちゃんを助けようとか、寄り添おうとかできなかった。自分のことしか考えられない、どうしようもないガキだった」

父がお猪口の中で揺れる水面に目を落として呟いた。

「俺たち家族はうまく荒波を乗り越えられなかった。あの時は」

「……うん」

父が酒を飲み干し、コトンとお猪口を置く。

「でも、楽しかった」

「え？」

「最後の方はいろいろと波風が立っちまったけど、それも含めて楽しい人生だった」

行原が顔を上げると、父が子どものような笑みを浮かべて徳利を手に持って酒を勧めた。

初めて見る父の顔だった。

子どもの頃は少し怖かった威厳のある顔でもなく、リストラと借金がばれて以降の情けなくやつれた顔でもない。

行原の記憶にはない、いやもしかしたら忘れてしまったのかもしれない父の、なんだか悪戯《いたずら》っ子のようなやんちゃな笑顔。

父に注いでもらった酒を、口の中で転がすようにゆっくりと味わう。体の中に溶けていくアルコールがじんわりと心を満たす。

「後悔がないように生きていくなんて無理だけどな、まあ楽しく生きろよ」

父が笑った。

「嫌なことは酒でも飲んで、さっさと忘れることさ」

「うん、父ちゃん……、ありがと」

「がんばれよ」

行原の体をふわりと暖かくて柔らかい空気が包んだ。

目覚めると、そこは懐かしい実家の仏間で、行原の体には毛布がかかっていた。夢の中で感じた暖かさと柔らかさはこの毛布のせいだろうか。

今も夢の続きか。どこまでが夢だかもうわからない、何度目の目覚めだろう。

でも、荒木町ではなかった。

初めて荒木町ではない場所で目覚める朝。

ぼんやりと見覚えのある壁の染みを眺めていると、足音が近づいてきた。

襖が開いて、母が顔を出す。

「あら、起きてたん？　お腹《なか》空いてないか？　お昼ができたから呼びに来たんよ」

母と一緒に、行原のよく知る懐かしいごま油の香ばしいにおいも入ってきた。ごま油のにおいの中に混じる、根野菜の土臭い甘いにおい。

「さ、居間においで」

簡単に毛布を畳んで、母の後をついていく。

テーブルの上には湯気を上げているご飯とワカメの味噌汁。行原のために買ってきたのであろう地元魚の刺身《さしみ》盛り合わせに、大皿に載った金平ゴボウ。

ゴボウとニンジンだけでなく、糸コンニャクや豚肉、ジャガイモ、レンコンが入って、胡麻《ごま》がたっぷりと振りかけられている。

これ一品でいろいろな栄養素が摂れるよう、家族の健康を考えた具だくさんの金平ゴボウ。

懐かしい。

「いただきます」

味噌汁を一口だけ飲んで、さっそく金平に箸《はし》を伸ばした。

ゴボウとニンジンと糸コンニャクの歯ごたえ、ジャガイモのホクホク感、レンコンのシャキシャキ感、豚肉のジューシーな甘み。

甘辛い味が染みた野菜と肉の旨味が、胡麻の香りと一緒に口いっぱいに広がる。

定食屋や総菜屋が出すゴボウとニンジンだけの金平ゴボウはあまり好きじゃないが、母の作る具だくさんの金平ゴボウは大好きだった。特に味の染みたジャガイモと豚肉が、他の野菜とコンニャクをより美味しく感じさせた。

たっぷりとご飯に載せ金平どんぶりみたいにして、勢いよくかき込むのが大好きだった。

何年ぶりかわからない、懐かしい味に少し目頭が熱くなる。浮かんでくる涙を抑えるように口いっぱいにご飯を頬ばり、飲み込んだ。

「やっぱ、母ちゃんの金平は美味いな」

「あんた、これ好きだったもんねぇ」

金平ゴボウを口いっぱい頬ばる行原の姿に、満足げに目を細めて母が言う。

「あんたが好きなものは他に鶏《とり》の唐揚げとか、アジフライとか、餃子《ギョーザ》とかいろいろあったけど一番記憶に残ってんのが、この金平ゴボウだ」

「うん。今でも一番好きだ。唐揚げや餃子の美味い店はあるけど、こんな金平ゴボウを出す食堂や総菜屋はないしな」

母が嬉しそうにうなずく。

「ていうか、もうこれ金平ゴボウじゃないよな。これだけ他の具材が入っているんだから。小学生の時だったかな、友だちの家で夕飯をご馳走《ちそう》になった時に金平ゴボウが出てさ、ゴボウとニンジンしか入っていないのを見て貧乏臭いと思ったけ。もちろん口には出さなかったけどな。まさかそれが世間のスタンダードだったなんて、中学生になるまで気づけんかった」

顔を見合わせると、笑いが零《こぼ》れる。

「母ちゃんのオリジナルさ。あんた、ジャガイモが好きだったから。とりあえずジャガイモを入れれば満足して食べてくれるかなって」

「俺っていうか、子どもってジャガイモとか芋類が好きじゃない？　焼き芋とかポテトサラダとか、フライドポテトとか」

「そういうもんかね」

「うん、そういうもんだよ」

行原はもくもくと刺身や金平ゴボウを口に運び、母はそれを嬉しそうに眺める。

また、沈黙が落ちた。

会話の糸口を見失って、行原は少し気まずい思いをしながら、食事に専念する。

「暁生、ごめんな」

ふいに沈黙を破ったのは母だった。

「あの頃はもう、悲しみとか不安とか怒りでなんだかぐちゃぐちゃで。あんたにも辛《つら》い思いさせたな。奨学金、あといくらぐらい残っとんの？」

行原は箸を置き、そっと座布団から降りて頭を下げた。

「俺のほうこそごめん。母ちゃんに八つ当たりばっかして。勝手に家を飛び出して、ろくに……いやほとんど墓参りもせず、母ちゃんに全部押しつけて、とんだ親不孝者だ。奨学金はもう全額返済したから心配しないでくれな」

「謝る必要なんかないわ。さ、もっとお食べ」

顔を上げると、母が笑っていた。

「なんも親不孝なもんか。東京に出て立派にやっとんけ。奨学金で大学さ行って、それももう返済したなんて。あんたは自慢の息子だ。母ちゃん、誇らしいわ」

おかわりは、と空になった行原の茶碗を見て母が手を伸ばす。行原はうなずきながら、両手で茶碗を渡した。

母が横に置いてあるお櫃《ひつ》からご飯をよそいながら言う。

「あの人、かっこつけたがり屋だから。息子の前では一番かっこいい男でいたかったんよ、きっと」

「うん」

「それで借金して、ばれて、一番かっこ悪いところ見られてさ。父ちゃん、かわいそうだけ」

母が困ったようにクスクスと笑いながら、行原に茶碗を渡す。

「父ちゃんのことも許してやってな」

「許すもなにも、俺のほうが悪いんだから」

どうしてもっと早く、せめて父が事故に遭う前にこんな気持ちになれなかったのか。

炊きたてのご飯の湯気が、鼻の奥でツンとする。

俺のほうこそ許して欲しい。でも、たぶん父はずっと前から自分を許してくれてたんだ。

……きっと。

「これからは盆と正月、ちゃんと家に帰るけな」

「そんなん、いいんよ。飛行機代もバカにならんでな。帰れる時でいいから。墓参りは母ちゃんがしとくけ。お前はなんも気にせんでええ。その代わりな、時々は父ちゃんと過ごした楽しい時を思い出してな。それが故人に対する最高の供養だ」

「……うん」

「母ちゃんのことは心配せずに、東京で楽しく暮らしてな」

大皿に盛った金平が徐々になくなっていくのを嬉しそうに眺めながら母が言った。

「でも、帰りたくなった時は、いつでも帰ってくりゃいいからな」

# 十　物騒なことを言うから、お客さんが起きてしまったよ

誰かが喋《しゃべ》っている。

誰だろう。

カランとグラスを滑《すべ》る氷の音。ふんわりと漂《ただよ》ってくる酒の香り。白粉《おしろい》か、なにかわからないが、ほんのりと甘い化粧品のようなにおい。祖父母の家で食べた和菓子、母が着物を着るときに身に着けていた香り袋、部署の女性が配っていたタイ旅行のお土産《みやげ》のインセンス。それらが頭に浮かび、どれも近いけれど違う気がする。

きっとここはＢａｒ狐火だ。

浮上する意識。だけど、眠くて、眠くて、瞼《まぶた》が持ち上がらない。それになんだか心地よい。

柔らかくて暖かい布団の中で微睡《まどろ》んでいる、そんな気持ち。

あまりの心地よさに、このままもう一度眠りの世界に溶けていきたい。

ふわふわとした気分で夢と現《うつつ》の間を揺蕩《たゆた》っていると、気怠《けだる》く、それでいて艶《なま》めかしく、不思議と清涼感のある声が聞こえてきた。

「何度試してみてもだめなのねぇ」

魂を抜き取られそうな声。

美しく艶めかしい姿と歌で船乗りを魅了し、深い海の底へと誘《いざな》うローレライを連想させるこの声を、行原は知っている。

自分を摩訶《まか》不思議な荒木町に誘い込んだ、この世のものとは思えぬ芸者。

ああ、彼女の姿を見たい。顔を見たい。

強く念じて瞼を開けようとするのだが、接着剤でくっつけられたかのようにピクリともしない。

「あまりオイタが過ぎると、現世が歪《ゆが》んでしまいますからほどほどに」

この声も知っている。

Ｂａｒ狐火のマスター。

でも、佑太だろうか。それとも佐輔だろうか。

コトンとグラスをテーブルに置く音。

「ああ退屈、退屈。松平公がいた頃が懐《なつ》かしいわ」

記憶よりももっと色っぽい声に聞こえるのは、彼女が酩酊《めいてい》しているからか。

「時はいつでも右回《とけい》り。この世は移ろっていくものです。過去ばかり懐かしんで嘆いてはいけません」

「あら、わたくしに説教とは。ずいぶん偉くなったものね」

「説教なんて畏《おそ》れ多い。過去を懐かしむのではなく、今を変えてしまえばよいではないですか。いっそのこと、この町を池に沈めて一からやり直せば。さすれば、弁天《べんてん》様の力も昔のように戻るかもしれません」

微睡んでいた行原の背中が強張《こわば》る。

「清水がこんこんと湧き出て、滝があって、今よりもずっと大きかったあの頃の池をもう一度作り上げれば」

「そうねぇ。それはいい案かもしれないわ」

「ほらほら、佐輔。あまり弁天様を焚《た》きつけるんじゃないよ」

「なんだ、佑太は反対か。おまえはいつもそうだ」

不満げな佐輔の声とは逆に、芸者は哀しげに小さく笑う。

「おまえたちは面白いわね。本当にそうできれば、どんなによいことか」

衣擦《きぬず》れの音。芸者が立ち上がった気配。

「わたくし、久しぶりに遊んだから疲れてしまったわ。それにだいぶ酔ってしまったし。しばらく池の底で眠るから邪魔しないでね」

さきほどまで酒に混じっていた甘い香りが消えた。

「佐輔が物騒なことを言うから、お客さんが起きてしまったよ」

「どれ」

誰かが、たぶん佐輔が顔を近づけてくる気配がした。それでも行原の瞼は動かず、体は心地よく脱力したまま。

「寝ている。狸《たぬき》寝入りか？」

苦笑交じりのため息が聞こえた。

「まったく、佑太はいつもそうだな。つまらない奴め。俺も帰る」

行原のそばから佐輔の気配も消えた。

店内に静寂《せいじゃく》が訪れる。

浮上していた意識が、再び強烈な眠気に引っ張られて落ちていきそうになる。

ふと背後に気配を感じた。

「神様だって、町だって、時には心の底に溜《た》まったものを吐き出したいんですよ。酩酊してね」

佑太の声だ。

ふわりと行原の体になにかがかけられた。

それは柔らかい毛布のようだった。

実家で母が掛《か》けてくれた毛布と同じ暖かさと柔らかさ。ほんのりと白檀《びゃくだん》の香りがした。

「おやすみなさい。よい夢を」

佑太の気配も消えた。

カァカァとけたたましい烏《からす》の鳴き声に行原は起こされる。

寝ぼけ眼《まなこ》に映る、自分の顔を覗《のぞ》き込む切れ長の目が爽《さわ》やかなイケメン。背後には明け始めた白い空。

「あの、佑太さん？　それとも佐輔さん？」

ジャッジはどっちだ？　自分は間違ったのか、正しかったのか。

緊張しながら清々《すがすが》しい目元を見つめていると、イケメンはコテンと首を傾《かし》げた。

「いえ、正人《まさと》ですけれど」

「……は？」

イケメンが吹き出した。

「大丈夫ですか？　まだ酔ってます？」

行原は目を擦《こす》る。

なんとなく狐火の双子のマスターと雰囲気《ふんいき》が似ているが、他人だと気がつく。

「昨夜、お店の道を教えたお客さんですよね。ちゃんと店には着きました？」

そうだ。彼は呼び出された店が見つからなくて車力門通りをウロウロしていた行原に道を教えてくれた青年だ。

ということは……。

行原は起き上がって周囲を見回す。

そこで自分が公園のベンチで眠っていたことにようやく気づく。どうりで体中のあちこちが痛むわけだ。

明け始めたばかりの空は白く、空気は少し冷たくて気持ちがいい。

「風邪《かぜ》引いてませんか？　昨夜は暖かくてよかったですね。例年の三月よりも暖かかった夜のようですから」

「……ああ、お陰様で風邪は引いていないみたいです」

首を回しながら行原は答える。

正人と名乗ったイケメンを改めて見れば、彼は箒《ほうき》とちり取りとゴミ袋を持っていた。

「この公園の掃除《そうじ》を？」

「ええ。というか、メインはそこの神社の掃除ですけれど」

行原が寝ていたベンチから、フェンス越しに公園の一角にある稲荷《いなり》神社のお稲荷が見えた。

「金丸《かなまる》神社です。お稲荷さんといえば商売繁盛《はんじよう》の神様でしょ。自分は荒木町に店を出してまだ半年の新参者だから、だいたい毎朝掃除してお参りしてるんです」

「自主的に掃除なんて、偉いですね」

社を守るように両脇にあるお稲荷。

佑太、佐輔。

右の人と書いて「佑」。左の人と書いて「佐」。

この狐が人に化けて、行原を時には導き、時には惑わせていたのではないだろうか。

「どうしました？　狐につままれたような顔をして」

「あ、いや、本当に狐につまれたのかも」

誤魔化《ごまか》すように頭を掻《か》いて笑う。

「楽しい夜を過ごせたみたいですね」

行原は笑いを止めて稲荷を見つめる。

奇妙で、貴重な体験だった。この町を守るお稲荷さんが見せてくれた夢だったのだろうか。

「ええ……すごく、すごく楽しくて、濃い夜だった。本当に……」

「でしょ。チェーン店ばかりが連なる飲み屋街より、荒木町はずっとディープで妖《あや》しくて楽しいでしょ」

正人は自分が褒《ほ》められたかのように嬉しがる。

「もう始発は動いていますけど、ちゃんと帰れます？　タクシー呼びますか？」

「いや、大丈夫。ありがとうございます」

盆にはちゃんと実家に帰って、父の位牌《いはい》と母に謝らなくては。そしてきちんと墓参りをして。

そう思いつつベンチから立ち上がると、スプリングコートの内側からなにか紙のようなものが落ちた。

行原がしゃがむより早く、正人がそれを拾い上げて差し出す。

「ありが……」

正人の手元には、赤い鉢巻《はちま》きをした小学生の行原が両手にピースサインをして笑っている写真。背後にはポニーテールをしたクラスのマドンナも写っている。

「どうしました？」

礼の途中で固まったまま動かない行原の姿に、正人がキョトンとした目を向ける。

行原は震える指先で写真を受け取る。

これは間違いなく行原のもので、かつて誰かに盗まれたものだ。

そして、夢の中で盗んだ犯人である杉田が謝罪しながら返してくれた。

夢じゃない？

何度も繰り返していた夜は夢ではないのか⁉

「あ、あの、荒木町にはお稲荷さんのほかに、弁天様も祀《まつ》られていますか？」

妖しく美しい芸者を、弁天様と双子のマスターが呼んでいたのを思い出す。

まさか、そんなことはと思いながら尋ねれば、あっさりと答えが返ってくる。

「ええ、策《むち》の池のほとりに祀られていますよ」

「池……」

「あっちのほうに、小さな池があるんです」

行原は正人が指す方向を向いて目一杯背伸びをする。

正人が吹き出す。

「さすがに建物が邪魔してここからじゃ見えませんよ。直線距離にしたら、ほんのすぐそこなんですけど。かつてはここ一体が池だったそうです。滝もあった大きな池で、景勝地として賑《にぎ》わっていたらしいですよ。今じゃ本当にちっぽけな池ですけれど。そこに津の守弁財天《べんざいてん》様がいらっしゃいます」

「津の守？」

「ええ、この辺りは江戸時代、美濃国高須《みののくにたかす》藩《はん》藩主・松平摂津守義行《せっつのかみよしゆき》の領地でしたから。津の守坂の名前の由来にもなってます」

「松平……」

行原が三百九十三万の請求書を受け取った店の名前と同じ。

「お兄さんも、次はうちの店に来てくださいよ。サービスしますんで」

正人は池とは反対側のほうを指さす。

「あの古いビルの二階、『迷路《めいろ》』ってカウンターバーです」

一瞬、微笑《ほほえ》む彼の目が、繰り返す夜の月のように赤く光ったような気がした。

行原は白い空の下、車力門通りを歩いて行く。

やがて見えてくる朱色の街灯。

その向こうには新宿通り。

まだ朝の五時ちょっと過ぎだというのに、車通りも結構あり、活気に満ちた都会が広がっていた。

心臓が大きく波打つ。

「行くぞ」

小さな声で自分自身を鼓舞し、一歩、また一歩と進んでいく。

あと一歩で新宿通りに足が出る。

ごくりと唾《つば》を飲み込み、運命の一歩を大きく踏み出した。

「あ……れ」

あまりにもあっけなく、行原は新宿通りの歩道に立った。

右手にはみずほ銀行、その道沿いには地下鉄丸ノ内線四谷三丁目駅の入口が小さく見える。
ああ、日常だ。
自分の知っている世界だ。
帰って来たのだ。
肩の力が抜け、少しだけ涙腺《るいせん》が緩《ゆる》む。
指の腹で目頭を押さえてから、ポケットに手を突っ込むと固いものに触れた。
それは小学校の運動会の写真。
本当に金丸神社のお狐さんにつままれたのかもしれない。
津の守弁財天の遊びに付き合わされたのかもしれない。
でも、あの繰り返す夜は確かに行原の夢だった。
佑太の言葉を思い出す。
――三つ。今夜、お客様の心を惑わせたものの数です。
貴乃という芸者を助けたこと。まるで別れた多香子に対する贖罪《しょくざい》みたいではないか。
疑いつつも、なにもできずに消えていった写真と友情。
そしてなにより、最後に行きついた実家。
本当に酒を酌《く》み交わしたい相手、絶対に叶《かな》うことのない――父との酒盛り。
迷路のような荒木町の中で、逃げまどったり、反発したり、人を助けたり、助けられたりした。

正しい選択も、間違った選択もした。

これからもいくつもの分岐点に出会い、その一つを選び、歓喜することもあるだろう。後悔することもあるだろう。

人生はいくつもの曲がり道小径。選んだ道が正しかったのか、間違いだったのか、知るのはずっとあと。

たとえ間違いだったとしてもやり直すことはできない。間違った道を必死に進んでいくしかないのだ。

――楽しく生きて行けよ。

耳の奥で父の声がした。

行原は顔を上げて、力強く新宿通りを歩いて行く。

終

本書は書き下ろしです。

## 参考文献

『芸者の粋と意地　向島　花柳界に舞う女たちの生き様』出馬康成　角川学芸出版
『お座敷遊び　浅草花街　芸者の粋をどう愉しむか』浅原須美　光文社
『いまこそ行きたい！　荒木町』ＪＧ編集部編　Ｈ14
『祇園のうら道、おもて道　女の舞台、一流の事情』岩崎究香　幻冬舎
『置屋物語　花街を彩った人々』橋本余四郎　八朔社
『東京　花街・粋な街』上村敏彦　街と暮らし社

Haruki Bunko
ハルキ文庫
あ 25-3

荒木町奇譚《あらきちょうきたん》

著者 有間《ありま》カオル

2018年1月18日第一刷発行

発行者 角川春樹

発行所 株式会社角川春樹事務所
〒102-0074 東京都千代田区九段南2-1-30 イタリア文化会館

電話 03(3263)5247(編集)
03(3263)5881(営業)

印刷・製本 中央精版印刷株式会社

フォーマット・デザイン 芦澤泰偉
表紙イラストレーション 門坂 流

本書の無断複製(コピー、スキャン、デジタル化等)並びに無断複製物の譲渡及び配信は、著作権法上での例外を除き禁じられています。また、本書を代行業者等の第三者に依頼して複製する行為は、たとえ個人や家庭内の利用であっても一切認められておりません。
定価はカバーに表示してあります。落丁・乱丁はお取り替えいたします。

ISBN978-4-7584-4139-1 C0193 ©2018 Kaoru Arima Printed in Japan
http://www.kadokawaharuki.co.jp/[営業]
fanmail@kadokawaharuki.co.jp[編集] ご意見・ご感想をお寄せください。